新潮文庫

京に鬼の棲む里ありて

花房観音著

新潮社版

11937

目次

京《みやこ》に鬼の棲む里ありて

鬼の里

紫がかった鴇《とき》色の雲が山にかかっている。

里の鎮守社に向かう石の階段を登り詰め振り返ると、目の前にさきほどまで背後に聳《そび》えていた比叡《ひえい》の山が見える。何度も見た光景だが、夏の終わりには珍しい。

都から比叡を眺めても、このような雲がかかることはないのだと知ったのは、従兄の千太《せんた》の家に嫁に来てからだ。

「かやは、都のことを何も知らんのだな」

千太はかつて父と一緒に炭を売りに都に行っていたことがあるのが誇らしいらしく、都に足を踏み入れたことがないかやを馬鹿《ばか》にする。

「足利《あしかが》の将軍は邸宅に鴨川《かもがわ》の水を引き入れ、大名から献上された花を植え、ミカドを招いているそうだ。まさに『花の御所』よ」

と、まるで見てきたかのように話す。

千太や自分の父親をはじめ男たちは、女が物を知らぬと諭すように教えながらも、嬉《うれ》しそうだ。だから、男たちに嫌われないためには、何も知らぬ女のままでいたほうがいい。かやは幼い頃から承知していた。

男たちに逆らってはならない、口答えなどしてはいけない。そうしないと、女は生きてはいけない。だから、月のものが訪れるようになり、千太のもとへ嫁に行くのやと父に言われても、かやには頷《うなず》くことしかできなかった。

五つ上の千太は、おそらく生まれつき何かが足りない。人の名を覚えることができず、数も数えられず、東西南北がわからないので、山に入るときも一人だと迷ってしまう。実際に、いい大人なのに迷子になり、村の人たちに迷惑をかけたことが何度かあった。だから子どもの頃から、近い年の男たちと遊んでいても、馬鹿にされていた。けれど身体《からだ》が大きく力があるので、物を運ぶときなどには重宝されている。

自分が千太のところに嫁にやらされたのは、病気だった千太の父が、弟である自分の父に懇願したからだ。阿呆《あほう》だから嫁の来手がなく困っていると。

かやは美しくはなく、千太の他に嫁にもらいたいという男も里にはいなかった。かやが嫁いで間もなく、千太の父は死んだ。

美しくはないといっても、特に醜いわけでもない。何も考えていない従順な女だと、周りからは見られていた。かやの親だって、そう思うからこそ、千太のもとに嫁に行かせたのだ。

もともとこの里の人々は、よそ者を村に入れたがらない。だからどうしても、里の人間同士が夫婦となる。

「よその者との間に子どもが生まれると、血が薄くなるやろ」

父はよくそう口にしていた。

「わしらは鬼の子孫やからな。鬼の血を残していかなあかんのや」

自分たちは「鬼の子孫」だと、かやは父から言い聞かされてきた。千太のもとに嫁に行くと、今度は千太が同じことを言った。

「俺たちは、普段は炭や薪《まき》を売って暮らしているが、都にいる貴族や武士たちよりも、大きな役目を仰《おお》せつかっている特別な一族や」

普段、里の人たちからも馬鹿にされている千太だが、鬼の子孫だという誇りは人一倍、強い。

京の北東、賀茂川《かもがわ》と合流し、都を流れる鴨川の支流のひとつである高野川の上流。その土地を、「八瀬《やせ》」という。

山の木を炭にしたり薪にして生業《なりわい》にする一族がいた。

一説には、壬申《じんしん》の乱の折に、後の天武天皇がこの地で背に矢を受けたので、「八瀬」と名付けられたとも言われている。

京と近江を隔てる比叡山には、京に都がおかれたときから延暦寺《えんりやくじ》という寺が多くの僧坊を並べ君臨している。寺ではあるが、その力はミカドを悩ませ、将軍も顔色を窺《うかが》い続けている。

八瀬の里は、古くから延暦寺と深く結びついてきた。延暦寺の使役として従い、その代わりに延暦寺の所領である山林の木を加工して売ることが許された。八瀬の里の住民は、比叡山延暦寺を開山した伝教大師様《でんぎょうだいし》が使役していた、冥途《めいど》の鬼だという伝説がある。

かやの父や千太をはじめ、里の人たちは、誇らしげに自分たちは伝教大師様に仕えていた鬼の子孫だと口にする。

だがかやには、そんな話はピンときていない。

里に住む者は、ただの人だ。

伝教大師様の伝説と共に、男たちがさらに自慢げに話すのが、後醍醐《ごだいご》天皇のことだ。

後醍醐天皇が幕府を倒したあとに、足利尊氏《たかうじ》と決裂し比叡山に逃げる際に、その輿《こし》を担《かつ》いだのが八瀬の男たちだ。里の一部の男たちしか見ることはできないが、後醍醐天皇からの綸旨《りんじ》が里には残されているという。

それ以来八瀬の男たちは、身分の高い貴人が比叡山に登る際に、輿を担ぐ役目を仰せつかった。

自分たちは特別な一族だ、という誇りは、そこから来ている。

男だけではない。女でも、鬼の子孫だと誇る者たちは多い。だから里の男に嫁ぎ、里の子を産みたがる。八瀬の里を、離れたがらない。

かやは八瀬に生まれ育ち、八瀬の男のもとに嫁に来て、おそらく一生、この里から出ることはないだろう。だが、男たちのような誇りは持てなかった。

「おい、今日な、里長《さとおさ》に呼ばれたんや。まだ誰にも話すなと言われたんやが――」

帰ってきた千太は、一目見ただけで興奮しているのがわかった。

「近いうちに、輿を担ぐ役目が俺にも与えられるかもしれんのだ」

水を一杯すくって飲み干し、入り口で立ったまま、千太は言葉を続ける。

「将軍様かミカドか、誰を担ぐかは教えてくれん。ただ身分の高い者であるのは間違いない。その名は、里長しか聞かされてないらしい。村でも輿を担ぐ者だけにしか、この話はしていないと言われた」

千太は、誇らしげだった。

「だから、お前も、絶対に誰にも言うな」

かやは頷いた。

「それでな、担がれる貴人にゆかりのある者が、里に来るらしい。おそらく妾《めかけ》か、いずれにせよお手付きの女なのだろうと里長は言っていた。比叡山に行く前に、逢引《あいびき》でもするのか、それはわからん。何日か、里でその女を匿《かくま》うように命じられたと聞いた。里長はな、かや、お前にその女の世話をして欲しいんだと」

逆らうことなどできるわけもない。かやはふたたび黙って頷いた。

「なんでお前がと不思議だったが、おそらく、働き盛りの女で子どもがおらんから手が空いていると思われているのだ。それで俺にも輿を担ぐ役目がまわってきたのなら、子どもがおらんことがありがたいとはじめて思ったわ」

千太は心の底から嬉しそうに口にしたあと、「腹が減った」と、座り込んだ。

かやは飯を炊《た》くために土間へ戻る。今日は水につけてあった麦を炊き、親からもらった川魚を焼き、菜っ葉で味噌汁《みそしる》をつくるつもりだ。働き者だからこそ、いつも腹を空《す》かせている千太は、魚が大好物だった。

子どもがおらんから、手が空いている。

確かに、そうかもしれない。

昼間は里の他の女たちと同じように、木炭作り作業と畑仕事をしているが、夜は千太とふたりで過ごしている。

嫁に来て、もう何年になるのか。

千太は、かやが嫁に来る前に、里の男たちに連れられて都に女を買いに行ったと言っていたが、ほとんど女を知らないに等しかった千太は女の身体に飢えていた。

皆に頭は足りないと言われているが、肉体が屈強な千太は、強く女を欲していた。

かやは、毎晩のように求められた。

だからと言ってかやは、千太が自分を特別に好いているとも思わなかった。きっと千太は、身体を許してくれる女なら、誰でもいいのだ。

毎日、ときには一日に何度も千太の精はかやの身体の中に放たれたけれど、子どもはできなかった。一年も経《た》つと、どうして子どもができないのだと、千太はぼやくようになった。

跡取りがいないと、鬼の血を絶やしてしまう。千太はかやに苛立《いらだ》ちをぶつけた。

千太だけではない、千太の母も、かやの両親も、同じだ。

まさかお前が石女《うまずめ》だったなんてと、父や母に嘆かれた。

かや自身も、意外ではあった。美しくはないものの、身体は丈夫で、病気ひとつしたことがなかったから、当たり前のように子どもができると信じていた。

子どもができない女への周りの視線は煩《わずら》わしかった。

だが、慣れるしかなかった。


里の中心に、こんもりした小さい山があり、その山の中腹に、里の者たちが信仰する鎮守社がある。

社《やしろ》のそばには、里の者たちが集う小屋が建てられていた。普段は誰も使っていないが、里の者たちが当番で掃除に訪れ、空気を入れ替える。

その際に、かやも中は見たことがあった。がらんとして、何もない。しかし、かやと千太が住む家よりは広かった。

この社の小屋に女を匿うのだと、聞いた。

千太から話があった翌々日、里長に呼ばれ、かやは改めて仕事を言い渡された。

何故《なにゆえ》、その女とは都で堂々と逢わないのか、なぜ比叡山に登る前に、逢おうとするのか。かやには、よくわからなかった。

かやの疑問を察したのか、里長が口を開く。

「表に出せぬ方なのであろう。御内儀様の怒りを買ったとか。わしも詳しいことは知らぬ。比叡山に女は連れてあがれないし」

くれぐれも秘密厳守だとも繰り返した。

「家が社に近いし、お前は周りの女とつるまないから秘密を守るはずだと見込んだ。千太のやつは、少々心配ではあるが……」

里長は、眉《まゆ》を顰《ひそ》め、そう口にした。

かやが里の他の女とつるまないのは、愚鈍な男のもとに嫁に行き、しかも子どもができないことで、同情されるのが嫌だからだ。

かやはときどき、夫が憐《あわ》れになる。

何か悪いことをしたわけでもなく、実直な働き者なのに、男たちに阿呆と裏で言われる千太。

「いずれにせよ、よ……いや、貴人の寵愛《ちょうあい》される方だ。くれぐれもそそうのないように」

比叡山に登る者が誰であるかは、里長だけが知っている。その名前を口にしかけて、里長は慌《あわ》てて言い直したのにかやは気づいたが、もちろん追及などしない。

その日が来たら呼ぶから、いつでも来られるようにと里長に念を押され、かやは家に帰った。

「思ったよりも、早かったな」

家に戻ると、山で仕事を終えた千太が、先に横になっていた。

今日は夏の名残で蒸し暑かったせいか、千太の身体の臭《にお》いが、特に鼻に付く。酸《す》っぱさに、枯れた草が混じったような、嫌な臭いだ。

かやは土間で、飯の支度をはじめる。今日は畑で採れた菜っ葉と芋を炊くつもりだった。

「いいか、くれぐれもそそうのないようにしろよ」

千太は、里長と同じことを口にした。

「お前がその妾に気にいられると、俺も恩恵にあずかれるかもしれん」

何を馬鹿なことをと、かやは呆《あき》れたが、薄笑いしかできなかった。

「お前が子どもを産めぬせいで、俺はこの里で肩身が狭い思いをしているのだから、お前には里のために人一倍、働いてもらわないとな」

かやはかまわず飯の用意をする。

「まだ、飯はいらん。こっちに来い」

千太はかやの腕を引っ張り、かやはよろけながら千太に引き寄せられる。

「腹が空いとるやろ」

そう言って、かやは千太の身体を押し戻すそぶりを見せたが、力では絶対にかなわない。

千太の腕に抱かれ、かやはしかめた顔を見られないように顔を伏せる。千太は全身の毛が濃く、胸毛もあった。太い胸毛がかやの顔にあたり、ちくちく刺さって痛い。胸毛と腋毛《わきげ》から漂ってくる腐った魚のような臭いに吐き気がこみ上げてきた。

嫁に来た当初から、今にいたるまで、千太の臭いには慣れない。

「空いておるが、こっちのほうが先だ」

千太はそう言って、裾《すそ》を開いて股間《こかん》の肉塊をかやに見せつけた。

醜い。見る度にいつも思う。

千太は自分のこれは、人より大きいと自慢げだが、かやは他の者と比べたことがないから、わからない。

どうして、男は、こんな醜い棒をぶらさげているというだけで、自信満々で生きることができるのだろう。かやからしたら、その自信も滑稽《こっけい》なものにしか思えない。

千太はかやを仰向けに横たわらせ、着物の裾を開いて覆《おお》いかぶさる。

「お前は、肌だけは美しいな。さわると、吸い付くようだ」

誰と比べているのかと、疑問には思ったが、黙っておく。

千太はかやの乳房の間に顔を埋め、唇を尖《とが》らしながら、指を股《また》の間に置いて、入口を探す。

「俺は輿を担げるんだ。やっとこの里で認められる」

そう言いながら、千太は人差し指と中指で、かやの裂け目を縦になぞった。

この男が興奮しているのは、かやに対してではなく、普段自分を馬鹿にしている里の者たちを見返すことができるからだ――かやの身体は、捌《は》け口《ぐち》に過ぎない。

かやは無言で、千太の肩越しに天井をじっと見つめている。

千太の臭いが嫌で、息を止めていた。

悦《よろこ》びなどない。早く終われとしか、思わない。

子どもを作るための行為なのに、子どもができないのに交わるのは何のためなのだろう。

メリメリと切り裂くように、千太の肉の塊が自分の身体の中に入ってきたのを感じる。

「うぅっ」とかやは痛みに声を漏らす。

一瞬だから、我慢できる。

千太は声をあげて、かやの上で腰を動かしていた。

「おう、おうっ」

千太の濃い胸毛がかやの乳房にあたり、ぞわぞわとこそばゆさで鳥肌が立つ。つながったところの痛みと併せ、不快でしかなかった。

口を半開きにした千太の顔は、あまりにも間抜けで情けない。

あの日も、夕方には比叡の山に紫がかった鴇色の雲がかかっていた。

朝から里長に呼び出され、かやは里の男たちふたりと共に、社の小屋に布団《ふとん》や枕《まくら》を運び込み、掃除をして整えた。

秘密厳守と言われていたが、里の者の多くが、高貴な者が里を訪れることに気づいているようだった。男たちが、このところ落ち着かない様子であったし、千太のように、輿を担ぐのだと家族に自慢げに打ち明けた者も少なくないだろう。

夕餉《ゆうげ》を済ませると、里長がかやを迎えに家を訪れた。

千太もついてこようとしたが、「お前は来るな」と、きつい口調で言われ不満げな表情を浮かべた。

闇《やみ》が訪れ、比叡の山も見えなくなった。

里全体が、息をひそめながら、訪れる者を待っているかのように思えた。

里長と一緒に社の小屋の入り口に腰掛けて待っていると、眠気が訪れた。普段なら、もう床に就いている時間だった。しかし眠るわけにはいかない。かやが大きく息を吸った瞬間、里の入り口で待ち受けていた者が、里長を呼びに来た。

かやはここで待つようにと小屋に留められた。

どんな女なのだろうと、かやは想《おも》いを巡らせる。貴人に寵愛されるような女なのだから、きっと美しい女に違いない。同じ女ではあるけれど、自分とは比べものにならぬような高貴な女か、あるいは卑《いや》しい身分ゆえにこうして隠れて貴人と逢わねばならぬ女か。

かやは緊張しながらも、どこか楽しみではあった。毎日、畑に行くか、炭を作る、同じことを繰り返すだけの日々だ。美しい女を眺められると考えるだけでも、千太ほどではないが心が弾む。

「かや——お連れしたぞ」

扉が開かれ、里長が立っていた。

そのうしろに誰かいるようだが、里長に隠れて姿が見えない。

ただ、今まで嗅《か》いだことのない高貴な香にかやは包みこまれた。都の貴人たちは、着物に香を焚《た》き染《し》めると聞いたことがあるが、それだろうか。

「かやと申します。お世話させていただきます」

かやが深く頭を下げると、「お頼みもうします」と、その人が草鞋《わらじ》を脱いで部屋にあがってきた。

その声にはっとした。

かやが顔をあげると、そこにいるのは色が透き通るように白く、切れ長の目に、朱色の唇、尖った顎《あご》、高い鼻——見たこともないような美しい男だった。

「夜叉丸《やしゃまる》さまだ。かや、繰り返し言うが、くれぐれもそそうのないようにな」

里長は、まだ何か言いたげであったが、夜叉丸と呼ばれた男に頭を下げると、「今日はお疲れでしょうし、ゆるりとお過ごしください」とだけ告げて、小屋の扉を閉めた。

里長が砂利を踏む音が響き、遠ざかっていく。

夜叉丸という男とかやはふたりきりになった。

「かや、か。私の名は夜叉丸……もっとも元の名は違うがな。世話になるぞ」

夜叉丸はそう口にした。

「夜叉丸さまは、私がお世話をします。何かご不便などありましたら、お申しつけください。今晩はこれでお暇《いとま》しますが、明日また参ります。簡単なものではありますが、閂《かんぬき》がありますので、こちらをしっかりかけてからお休みください。里の男が石段の下で、交替で番をすると聞いておりますので、どうぞご安心を」

かやはそう言って、深く頭を下げた。

家に戻ると、千太は待ってましたとばかりにかやをつかまえる。千太はどこから耳にしたのか、里を訪れた者が、女ではなく男であると知っていた。千太の耳に入るぐらいなのだから、おそらく里の者たちのほとんどに知れ渡っているのだろう。

「どうも里長も、女だと思い込んでいたようで、いざ都から籠《かご》が来て、驚いたらしい。だが女のような男らしいな。つまりは、高貴なお方は、そっちもお好きってことか」

「そっちもお好きとは？」

「お前は阿呆か。男も女も好きなのか、もしくは男が好きか。そういう趣味だろ。俺にはさっぱりわからん。男を抱きたいなどとは思ったこともない。気持ちが悪い。しかし、都の身分の高い連中の中には、ときどき男と遊ぶものがいるとは聞く。いや、都だけではないな。山の坊主《ぼうず》たちも――」

山、というのは比叡山のことだ。

比叡山の寺は女人禁制で、僧侶《そうりょ》は女と交わることを禁じられている。けれど、人の欲望はたとえどれだけ修行しても消せるものではないらしく、僧侶同士でまぐわう者もいると、かやも聞いたことがある。

「俺にはわからん。俺は女しか抱きたくない」

千太は興奮した面持ちで、かやにのしかかろうとした。

緊張もあったせいか疲れているし、かやはこのまま寝てしまいたかったが、千太には逆らえない。早く済ませてくれることだけを願う。

さきほど会った夜叉丸という男が纏《まと》う香が鼻腔《びこう》にくすぶっているせいか、今夜の千太は、いつにも増して臭く感じ、かやは息を止めた。

そもそも、あの美しい男が、千太のような欲を持っていることが、信じられない。

千太の肉棒が身体の中に入ってきている間、かやは、さきほど会った夜叉丸という男の顔を思い浮かべていた。

空が明るくなりはじめた頃、かやは家の外に出た。

千太はまだ寝ている。

今朝の比叡の山に雲はかかっておらず、空が広い。

ざっざっと音を立てながら砂利道を歩き、社に向かった。

夜叉丸の食事は、里長の息子の嫁が作ると聞いていた。里長の息子の嫁は、もともと八瀬で生まれた女ではあるが、幼い頃に親を亡《な》くし、都の貴族の家で奉公をしていた時期がある。

参道の先、石段の下で番をしていた男が、大きくあくびをしたあと、かやを一瞥《いちべつ》した。

石段を上がり、かやが小屋に辿《たど》りつくと、扉の隙間《すきま》が開いている。

昨日、自分が帰る際には、きっちり閉めたはずだ。

夜叉丸はもう、起きているのだろうか。

「夜叉丸さま」

小屋の中に向かって、かやは声をかける。

「かや。早いな」

背後から声をかけられ、かやは驚きで、「きゃっ」と声を出してしまった。

「驚かせてしまったか、すまぬ」

朝の光が、木々を通して容赦なく男の姿を露《あら》わにしていた。

「退屈なので、散歩をしていた。といっても、あまりうろうろするなと言われているので、この神社の中だけだ」

「申し訳ございません」

「なぜ謝る」

「退屈をさせてしまいまして」

「お前のせいではないだろう」

夜叉丸は微笑《ほほえ》む。

「比叡山はどこだ」

あたりをぐるりと見渡して夜叉丸は言った。

「社を背にして、正面の、あれが比叡山でございます」

「なんと……都で見るのとはずいぶんと違うな。この地は比叡山に近いからなのか。都からだと、ひときわ高く聳え立ち、天を刺すように尖っているが、こんななだらかな形に見えるなんて、知らなかった」

夜叉丸は、感心したように、見つめている。

「私は……この里から見える比叡しか知りませぬゆえ」

――都には行ったことがありません――という言葉をかやは留めるが、夜叉丸は察したようだった。

「かやは八瀬を出たことがないのか」

「はい。ここで生まれ、離れたことはありません」

かやが答えると、夜叉丸は少し考え込んだような表情を作った。

足音がして石段を見下ろすと、里長の使いの者が、朝餉を持ってきた。かやは石段の途中まで降りると使いの者から盆を受け取り、小屋に運ぶ。

白米、焼いた川魚、大原の柴漬《しばづ》けと菜っ葉の汁、炊いた里芋が並ぶ。

「粗末なものでございますが」

「かやは、食べたのか」

「いえ、私はもともと朝はあまり口にしないのです」

「腹は減ってないのか？　少しわけてやろうか」

「いえ、めっそうもない」

本当は空腹であったが、かやはそう答えた。

「それなら遠慮なく食うぞ」

夜叉丸は、見かけによらず食いっぷりがよく、米つぶひとつ残さず、すべてたいらげる。

「田舎の山里の飯ゆえに、ご不満はあったかもしれませぬが」

「何を言う。満足しておる。そもそも、こうして黙っていても飯が出てくるだけでありがたいことではないか。里の者たちからしたら、余計な客人であるはずなのに。今でこそ、私も食うに困らなくなったが、子どもの頃は腹を空かせてよく泣いていたものだ」

「そのようなご様子……想像がつきません」

かやがそう言うと、夜叉丸は再び笑みをたたえた。

空になった器の載った盆を、かやは外に出す。

砂利の音がしたので見下ろすと、石段を里長が登ってきた。

「おはようございます。昨夜はよくお眠りになられたでしょうか。改めてご挨拶《あいさつ》に参りました」

里長が、夜叉丸に深く頭を下げた。

「静かで、久しぶりに深く眠れた。いいところだな、ここは」

夜叉丸が、笑みを浮かべる。

「お困りになることがありましたら、遠慮なくかやにお伝えください。ただ、誰が見ているかわかりませぬので——」

「あまり出歩くな、ということだな。わかっておる。だからかやに話し相手になってもらっている」

夜叉丸がそう答えると、里長は、眉を顰め、念を押すようにちらりとかやを見た。

「ところで、あの方は、いつ来られる」

そう口にしたとき、夜叉丸の笑みは消えていた。

「明後日だと、聞いております」

「そうか」

夜叉丸は頷いたあと、目を伏せた。

くれぐれもそそうのないようにな——もう一度、にらみつけるような視線をかやによこした後、里長は帰っていった。

小屋の扉を閉め、反対側にある窓を開け放ち光を入れ、夜叉丸は横たわる。

「お前もくつろげばいい」

そう言われても、こんなにも美しい男の前で、脚をのばせるわけがない。

かやはどうしたらいいのかわからず、黙って正座していた。

「硬くなることはない。そもそも私は、貴族でも武士でもない、母は旅芸人で、父は誰かわからぬ。幼い頃から、母と一緒に、旅の一座で舞っていたら、たまたまあの方に目をつけられ、良い暮らしをさせてもらえるようになったが、もとは下賤《げせん》な身分だ」

　夜叉丸の言葉に、かやは少しばかり安心もしたが、同時に自分のような女に饒舌《じょうぜつ》にそこまで話していいのかとやはり困惑の表情を隠せなかった。

「かやは子どもはおらぬのか」

「おりませぬ」

　かやは、答えた。

「独り者なのか」

「いえ、夫がおります。嫁いで五年になりますが、子どもは授かることができませんでした」

「そうか。私と同じだな」

　夜叉丸の言葉の意味が、わからなかった。

　そんなかやの疑問を、夜叉丸も察したようだった。

「私は女ではないから、子を授かることができぬ。それゆえに、あの方にとっては、都合の良い慰みものであったのよ。奥方様たちを不安にすることもない」

　夜叉丸はそう言って、薄い唇の左端を、あげた。

笑った顔を作っているつもりなのだろうか。

「だからこそ、人々は私をあざけった。口にせずとも、表情に表れるのを、誰も隠さない。あの方の玩具《がんぐ》だと皆思っているし、実際にそうだ。玩具であって人間ではないから、いらなくなったら、無惨《むざん》に捨てられる」

昨夜、里に来たのが女ではなく男だと知って、千太が露骨に侮蔑《ぶべつ》を口にしたのを思い出した。

自分と同じだ。子どもの産めない自分は、女の役割を果たすことができず、今は、千太の慰みものになっている。

それこそ万が一千太に誰か他に女ができたら、簡単に捨てられるだろう。そうなったら、老いて死ぬのを待つだけだ。

自分も、この男も、人ではなく玩具なのだ。

「ときに、かや。聞きたいことがある。この八瀬の里の人間は、八瀬童子と呼ばれる鬼の子孫で、後醍醐天皇が比叡山に逃げられた際に、輿を担いだ一族なのだと」

「そういう話が伝わっております」

「かやは生まれも八瀬というたな」

「はい」

「ならば、お前も鬼の子孫なのか」

「伝説が本当ならそうかもしれませんが……」

ただの人間だと、かやは言いたかったが、言葉を留める。

かやは自分が知る里のことを話した。

「鬼、というと、世間では忌《い》まわしいもの、人に害を及ぼすものとされているが、この八瀬の里では、ミカドを護《まも》るものとされているのか……面白いな」

夜叉丸はそう口にして、どこか皮肉気な笑みを浮かべる。

その表情は、ひどく冷たく感じるが、それでもかやは見惚《みと》れそうになってしまう。

この小屋にふたりでいることを居心地悪く感じるのは、夜叉丸が、この世の者とは思えぬほど、美しいからだ。

部屋に閉じこもっていると、夜叉丸の香から逃れられない。一緒にいる時間が長くなったせいか、匂《にお》いが濃くなっているように感じる。

「私は今、夜叉丸と呼ばれているが、これは親のつけた名前ではない。世話になっている方――明後日、八瀬を訪れ輿に担がれ比叡山に行く方につけられた名前だ。『鬼《おに》夜叉《やしゃ》』にちなんで『夜叉丸』だ。『鬼夜叉』は、あの方が、かつてご寵愛された男の名だ。私は何度も聞かされた。東山の新熊野《くまの》神社で、初めて鬼夜叉の舞いを見たとき、心を奪われたのだと。あれはまさに、鬼、つまり夜叉であった。人の心を切り裂き傷つけるほど美しかった、と」

かやは黙って頷いていた。

「今はもう、鬼夜叉も年を取り、あの方からは離れておる。もっともご寵愛ゆえのご褒美《ほうび》か、鬼夜叉の芸事の後ろ盾はなさっている。あの方は、若く美しい男が好きなのだ。女も好きだが、女は子どもを産むから面倒だとも、おっしゃる。弄《もてあそ》ぶだけなら、男のほうがいいらしい。とはいえ、年を取ると、用済みだ。あくまであの方が欲しいのは、若く美しい男なのだから」

そこで夜叉丸は、言葉を切った。

「話がそれてしまったな。つまりは、私も『鬼』にゆかりがあるから、興味を持ったのだ」

「ただの伝説でございます。鬼などおりません」

かやはいらぬことを言ってしまったと後悔し、顔を伏せた。

夜叉丸は手を伸ばし、かやの肩にふれる。

夜叉丸の香が鼻腔をくすぐり、かやは一瞬、息が止まった。

花と木を燻《いぶ》して深くしたような、それでいて軽い、加えて刺激的で鼻腔の奥に刺さるような匂いだ。かやはこのような香を嗅いだのは、初めてだった。身体の奥で、香が火をともした感覚があり、下腹部に熱を感じた。月のものが訪れる前に、ときどき覚えがある感覚だ。

重く、熱い。

「後醍醐帝か——因果なことだ」

夜叉丸は、そうつぶやいて立ち上がると、かやから離れた。

その夜、夜叉丸が横になって休んだのを見届け、かやは家に戻った。

「どうだった」

横になって休んでいた千太が、かやの顔を見るなり身体を起こす。

「どうだったと言われても……お変わりない様子だったよ」

「お前に何もしてこないのか」

かやは千太の言葉の意味がわからず、首を傾《かし》げた。

「わからぬのか。阿呆だなぁ。俺は女ではなく男だったと聞いて、もしかしてお前は男の慰みものになるために世話を頼まれたのかと思ったんだよ」

「そんなわけがないよ。だいたい、里長さまだって、女だと思い込んでいたんだから」

「そうか、そもそも偉い人の慰みものになっている男だから、女は好きではないのかもしれんな」

千太は下卑た笑みを浮かべる。

「なぁ、かや、男同士は、どうやってするか知っておるか」

「知りません」

「尻《しり》の穴を使うらしい。信じられるか？　俺なら絶対にできぬ。お前が仕えている男は、尻の穴を使って貴人のご寵愛を受けてるんだ。綺麗《きれい》な顔をしようが、身分が高かろうが、間抜けなことよ」

何がおかしいのか、千太はそう言って、ひとりで笑っている。

かやは、ひどく不快だった。

もうこれ以上、聞きたくないけれど、千太に口答えはできない。

「忘れ物をした。取りにいってくる」

そう言って、かやは再び外に出た。

満月が暗い闇を照らしている。

誰もが朝早く起きるこの里では、夜は静かで重い闇しかない。こうして月の光だけが頼りだ。

「鬼だ」

子どもができぬことで、かやを蔑《さげす》む者たちも、毎日のようにのしかかってくる千太も。

里に生まれ、親に言われるがままに里の男に嫁いだ。

たぶん、死ぬまで里を離れないであろう。

何も望まぬように、生きてきた。望んでも何も手に入らないのだから。寡黙《かもく》な女だと周りに思われているが、それは想いを口にするのが恐ろしいからだ。

かやは、ほとんど無意識に、夜叉丸のいる社のほうに歩いていた。

誰かに見つかったら不審がられるので、静かに草を踏みしめて歩く。

石段の下にいる当番の男は、眠りこけていた。

つんと、刺激のある香が鼻腔を刺すように漂ってきた。

「かや」

社に続く石段を登り終えると、声をかけられた。

振り向かずとも漂う香で、声の主はわかる。

「眠れぬので、外に出てきてしまった」

闇の中なのに、夜叉丸の顔だけはまるで輝きを発しているかのように、白い。

改めて美しい男だと思う。こんな美しい男は、見たことがない。いや、女だとて、夜叉丸より美しい者を、かやは知らない。

「かやは、家に帰ったのではなかったか」

「はい……」

そのあとの言葉をどう続けたらいいか、わからない。

千太の発した汚い言葉を思い出して、申し訳なく思えてくる。

「かやの夫は、優しいか」

夜叉丸の問いに、かやは答えが見つからなかった。

その沈黙で、夜叉丸は察してくれたらしい。

「かやは優しい女だから、その夫も優しくあって欲しいと思ったのだがな」

「私など——」

「私はかやと一緒にいると心が安らぐのだ。本当は女は苦手なのに。子どもの頃から、母をはじめ、その周りにいる女たちの慰みものにされた。女は強欲で、我儘《わがまま》で、ずうずうしく、そのくせ自分が弱い生き物であるかのように振舞う。私をやっかみ意地の悪いことをする女もいた」

夜叉丸は言葉を続ける。

「そんな私を救ってくださったのが、室町殿だ。室町殿に庇護《ひご》され、女どもの手から私は逃れることができた。もっとも世間は、室町殿の慰みものになっただけだと言うだろう。けれど私は、幸せだった――飽きられるまではな」

室町殿――それが都の花の御所にいる、足利将軍義満《よしみつ》を意味することはかやも知っていた。

とすると、八瀬童子に担がれる身分の高い人というのは、足利義満のことなのか。

「けれど、私は容赦なく捨てられる。あの人は、鬼のように残酷だというのを思い知らされた」

夜叉丸の声が震えていたが、表情は変わらない。

「私はもう若くない。飽きられたのだ。都にはいくらでも若く美しい者がいる、私は不要になったから、捨てられるために、ここに来させられた」

かやは目の前にいる男をじっと見つめた。

「明後日、あの方と共に私は比叡山に参る。延暦寺には、私のような者を好む堕落した坊主がいるらしく、私は出家という名目で、今度はその男たちに弄ばれるのだ。一度出家してしまえば、たやすく山を降りることもできぬ。私を差し出すことにより、延暦寺に恩を売れる。あの方らしい、無駄のないやり方だ。やはり私は、物だ、玩具だ。人間ではない」

「夜叉丸さまは、人間です」

かやは思わず口にした。

「ありがとう、かや。私がここに先に連れてこられたのは、都から義満さまに同行すると目立つからだ。八瀬で合流して、共に比叡山に登る算段だ」

夜叉丸さまは、室町殿を好きなのだ――。

だからこそ、従おうとされているけれど、深く傷ついている。

「私は、女は苦手なはずなのに、どうしたことか、お前だけは最初に会ったときから、心が楽だった。珍しいことだ。もしかしたら、お前も私も、子どもを産めぬからかもしれない」

かやははっとした。夜叉丸の声が震えているのは、泣くのを我慢しているからだ。

「もしも私が女であったらと、何度も考えた。女で、あの方の子どもを産んでいたなら、捨てられることはなかったかもしれぬと。女という生き物が嫌いであるのに、女を羨《うらや》むとは、我ながらおかしなことよ」

そう言って、夜叉丸はふと夜空を一瞬だけ睨《にら》みつけるように見上げて、すぐに顔を戻す。

「かやは、逃げたいと思ったことはないのか」

ふいに夜叉丸は、そう聞いてきた。

「逃げる？」

「この里から逃げて、別の場所で暮らしたいと」

「そんなこと」

——できるはずもないから、考えたことはなかった。

自分は、この場所から、千太から、里のしがらみから、逃げることなんて、できるわけがない。

「かや、もしも私が、一緒に逃げようと頼んだら——」

夜叉丸は、そう口にして、首を軽く振った。

「いや……忘れてくれ。私は戻る。かやも、家に帰れ」

家に帰れと言われても、かやは夜叉丸から離れがたかった。

「それにしても、不思議なことだ。後醍醐帝を崇拝している一族が、足利の将軍に従い輿を担ぐとはな。後醍醐帝を都から追い出し、権力を奪ったのは足利将軍、義満公の祖父ではないか。後醍醐帝からしたら、天敵の一族……いや、結局のところ、人は

『力』に弱い、それだけのことか」

かやは、頷いた。難しいことはわからないけれど、鬼の子孫を誇る者たちは、ただ時の権力者に従属するだけだ。

「また、明日の朝、顔を見るのを楽しみにしているぞ」

そう言って、夜叉丸はかやに背を向けた。

闇の中に、消える男の肩はかぼそく痛々しく、姿が消えても匂いがかやにまとわりつき、追い縋《すが》りたい衝動にかられるのを必死で抑えた。


かやが家に戻ると、千太はまだ起きていた。

「忘れ物を取りにいくだけにしては、遅かったな」

横になったまま、低い声で、そう口にした。

答えずにいると、「こっちに来い」と手招きする。

仕方がなく、千太のそばに行く。毛むくじゃらの太い手で、かやの手を強く握り引き寄せた。

「お前、まさか」

かやを仰向けにし、着物の裾を開いた。

「あの男に何かされたのか。尻の穴で男の慰みものになるようなやつに――」

「痛っ」

思わずかやが声を出したのは、千太の肉の棒がいきなり入ってきたからだ。

「お前も、里の者たちと同じで、俺を阿呆だと思ってるんだろう」

怒りを含んだ声を発しながら、千太は腰を動かす。

「いや……痛い……」

「お前は、あの男が来てから変わった。それぐらいのこと、俺だってわかる。何かあったのか」

「何も――」

あるわけがない。

ただ言葉を交わしただけで、やましいことなど、ない。

「かや、今のお前は匂いが違う。あの男の匂いだろう、俺の知らない香が移っている。いいか、かや。もしあの男とお前に何かあれば――」

千太はかやの首に右手をかける。吐き気がこみ上げてきた。

あの人は鬼だ――夜叉丸の言葉を思い出した。

男は、自分たちを人だと思っていない。ただの玩具だから、いらなくなれば捨てる。

玩具ではなく、人間なのに。

かやが激しく咳《せ》き込むと、千太は首から手を離し、じとっとしたうしろめたそうな眼差《まなざ》しで一瞥したあと、背を向けて横になった。

比叡の山にかかる雲の色が、いつもより濃い。

かやは翌朝、夜叉丸のもとに行く際に、しばらく山を眺めていた。

かやが小屋に着くと、里長が先に来ていた。

夜叉丸と何やら話したあと、かやを一瞥して、草履をはいて外に出る。

「かや、明日の昼頃に、八瀬の童子たちが輿を担ぐ。夜叉丸さまの世話は、明日の朝までじゃ。ごくろうであったな」

里長が、そう口にしたので、かやは頭を下げる。

「夜叉丸さまは、輿に寄り添い馬に乗って比叡山に向かわれるとのことだ。それから……今から千太にも話しに行くが、千太には今回、役目を遠慮してもらうことになった」

かやは驚いて顔をあげた。

「あやつは口が軽い。人に言うなと申しておったのに、浮かれて輿を担ぐのだと言いまわり、また夜叉丸さまのことも、あれこれ吹聴《ふいちょう》しておる。余計な邪推のほどが過ぎる。我々は高貴な方の輿を担ぐ一族だからこそ、秘密を守らねばいかんのに。やはりあやつは愚かな男よ」

千太は普段、愚鈍だと皆に馬鹿にされているのを知っているからこそ、八瀬童子としての役目を仰せつかったことが嬉しく、だから我慢できず、人に言いまわったのだ。

「お前は千太や両親から石女と罵《ののし》られていると聞いたが、子どもができぬのはかやのせいではない。千太がまだ小さい頃、あいつは高い熱を出して寝込み、生死の境を彷徨《さまよ》ったことがあった。千太の親に頼まれて、腕のいい医者を呼びに行ったのは、わしだ。幸いにも回復はしたが――わしは、あの病で、千太は種無しになったのではと思っている。わしは今まで何度か見てきた。みんな子どものいない男だ」

里長の言葉に、かやはどういう表情をしていいかわからなかった。

それではあまりにも千太が憐れだ。

いや、きっと千太は気づいていた。気づいていたけれど、認めたくなくて、かやを石女だと責めたのだ。

里長が神社の石段を下り去っていくのを見送ったあと、かやは中に声をかけ、小屋の扉を開く。

横になっていた夜叉丸は、かやに手招きをした。かやは小屋の中に入り、夜叉丸が横たわる布団の傍まで近づき正座する。

「私は明日、この里を去る。短い間だが、世話になった」

夜叉丸は手を伸ばし、かやの右手を握った。

それは子どもが母を求めるかのようにとても自然で、かやは驚きも拒みもしなかった。

「夜叉丸さま」

かやは膝《ひざ》を前にすすめ、さきほど握られた手の温《ぬく》もりが残る右の手を夜叉丸の頭に添える。

夜叉丸の香に包みこまれて、なにも考えられない。

夜叉丸は身体を起こし薄目を開けて、今度はかやの手を自分の顔にあてる。

かやは、美しい男の顔を、指で確かめる。

これ以上、この人のそばにいると、おかしくなりそうだ。恐怖に似た感情がこみあげてくるが、手を離すことができない。

向き合って、目を合わせた瞬間に、夜叉丸はかやを引き寄せて両手で抱き、力を入れる。

あぁと、思わず声が漏れた。

夜叉丸の香に身も心も支配され、全身の力が抜けたのがわかった。

はじめてふれた夜叉丸の身体は布越しでも温かい。

この人は紛れもなく人間だ、玩具などではない。

「夜叉丸さまは――いい匂いがします」

「着物に焚き染められているのだ。かやは、蘭奢待《らんじゃたい》を知っておるか」

「いいえ」

「奈良の東大寺にある香木だ。天下人しか、その香木を切ることは許されておらぬ。あの方は、それを手に入れ、自分が覇者であると知らしめるために着物に焚き染めた。あの人のものである、私も――」

そう言って夜叉丸は突き放すようにすっとかやの身体から離れた。

かやはよろよろと立ち上がり、逃げるように石段を降りて、神社をあとにした。


輿を担ぐ役目を剝奪《はくだつ》され、千太はきっと荒れているだろう。怒りを自分にぶつけてくるかもしれない。かやが覚悟して家に戻ると、千太はかやに背を向けたまま、横になった肩を震わせて泣いていた。

けれど、同情心を見せると、千太はそれこそ怒りを向けてくるに違いない。

泣いている顔を見られたくないのか、千太はかやに背を向けたままだ。

「かや――」

「俺を捨てないでくれ。俺は、この里にとって役立たずなのかもしれないけれど、お前だけは俺のもとにいてくれ」

そう口にして、ますます千太は身体を震わす。

かやは、「うん」と答えるべきだと思った。だが、どうしてもそれができない。

代わりに黙って千太のもとに行き、肩をさすった。

自分はずっと、この男の玩具で、いつか捨てられるのだろうと思っていた。

けれど、違った。

この男も、捨てられることに怯《おび》えている。

「千太――」

かやが千太の名前を呼ぶと、千太は身体を起こし、かやに抱き着いた。

千太は臭い。夜叉丸と抱き合ったあとだからこそ、耐えられなくて息を止めてしまう。

泣き疲れたのか、かやを抱きしめ安心したのか、千太はその夜は珍しくかやを抱かず早々に寝入った。

千太は一度寝ると深く、朝まで起きない。

千太のいびきを聴きながら、かやは音を立てないように気をつけ外に出た。

山の狭間《はざま》に月が出ている。

欠けはじめているが明るい月で、これならば少し歩きやすかろう。

いつもの参道の正面にある、番人がいるはずの石段を避けて、かやの住む家の裏手にある山に続く道を、早足で歩く。ここから社のある山の裏側を登ると、小屋の裏の森に出ることをかやは知っていた。

迷いなどなかった。昼間に夜叉丸に抱きしめられたときから、決めていた。

草を踏みしめてかやは歩く。

夜叉丸がいる小屋の裏手の入り口に着いた。身を縮ませ下から覗《のぞ》き込むようにして、床下の蝶番《ちょうつがい》をそっと外し、もぐりこむ。

かやは小さな声で、「夜叉丸さま、かやでございます」と、言葉を発した。

「かや――」

夜叉丸の声が聞こえたので、かやは頭上にある板をコンコンと手で叩《たた》く。その板の上に敷かれていた寝具をずらした感触があったので、かやが板を持ち上げると、夜叉丸が顔を覗かせた。

「これは」

「以前、この小屋の掃除をした際に見つけました。おそらく匿われた者が、山を越えて逃げるためにでも作られた出入口なのでしょう。床下から蝶番をかけるようになっており、誰かの手引き無しでは開かない作りになっております」

ろうそくの光だけが灯されている部屋の中で、自分の顔を覗き込む夜叉丸の顔が晴れやかな表情を浮かべるのがわかる。

「ここから、お逃げください。かやもお供します」

「一緒に来てくれるのか」

かやは頷いた。

逃げられるかどうかは、わからない。

けれど、夜叉丸と一緒ならば、後悔はない。

正方形の出入口は小さいが、女のように華奢《きゃしゃ》な夜叉丸ならばくぐれるはずだ。

夜叉丸はするりと抜け出て、ふたりして床下で身体をかがめる。

「山を越えましょう。そこから都に行き――」

かやの脳裏に、華やかな都の桜の下で、夜叉丸と手を握り合う光景が浮かんだ。

本当は、ずっと逃げたかった。

私は生まれてこのかた、何ひとつ自分から望んだことはなかったけれど、夜叉丸という人を知り、ひとりの人間として望まれる悦びを知った。

私は生きたいのだ。

この里にいると、心が死んでしまう。

床下から出て、手をつなぎ、かやが山道を導く。

月の光が先を照らしてくれた。

正面に、こんもりとした山がそびえる。

比叡山だ。

ずっとこの山に見張られているような気がしてならない。

「かや、ありがとう。お前のおかげで私は自由になれる」

夜叉丸はかやに感謝を口にする。

将軍の命に背いた大罪により、ふたりとも殺されるかもしれない。

それでも、夜叉丸とこうして一緒にいられる悦びのほうが恐怖に勝っていた。

「夜叉丸さま、もうすぐでございます。山は越えました。あの道が、見えますでしょう。そこをまっすぐ行くと、朝までには都に出られるはずです」

「そうか」

夜叉丸は、かやの手を握ったまま、立ち止まった。

「かや、礼を言う」

そう口にした瞬間、夜叉丸は袖《そで》の奥から着物の腰紐《こしひも》を取り出した。

何をするのかとかやが戸惑っていると、夜叉丸は素早くかやの首に腰紐を巻き付け、両端をぐぅっと渾身《こんしん》の力で引っ張る。

声をあげる隙《すき》もなかった。

何が起こったのかもわからなかったが、女のように華奢に見えた夜叉丸が、こんな強い力を持っていることに驚いた。

鬼はあなただったのか——。

意識が途切れる前、かやの視界には、鬼の姿が映っていた。

倒れこんだかやの胸に左足を載せ押さえつけながら、夜叉丸は更に強く紐を引く。

身体を震わせ痙攣《けいれん》しているかやから、夜叉丸は手早く着物を剝ぎ取った。

「これはもらっていくぞ。女の格好をして都に入り、物好きな男に身を売りでもしたら、しばらくは過ごせるだろう。かやには感謝している。ただ、これから先、逃げるのに女は邪魔なのだ」

かやは顔をゆがめ、よだれを垂らしたまま、痙攣し続けている。

「鬼の子孫か——鬼など、おらぬわ。人が一番おそろしい」

香が焚き染められた自らの着物を脱ぎ裸になった夜叉丸は、かやから剝ぎ取った着物を身に着けて帯を締めた。

「都には長くはいられないだろう。そのあとはどこへ行くか——まあ、よい。どこでも俺は生きていける」

そう口にした夜叉丸は、鬼の里に背を向けて、闇に紛れ込むように、消えた。

気がつくと、月はすっかり雲におおわれていた。


どれぐらい、意識を失っていただろう。

首に絡《から》みつく腰紐をはずし、かやは咳き込んだ。

息ができなくなり、すぅっと目の前が暗くなって、尿を漏らす感覚があり、遠のく意識のなかで自分は死ぬのだと思った。

きっと夜叉丸も、かやは死んだものだと信じているだろう。

裸の身体が、土にまみれている。

大きく息を吐き、かやは身体を起こし、呼吸を整えた。

かやは手を伸ばし、香木の匂いが残る夜叉丸の着物を握りしめた。

たとえあなたが鬼であっても――。

ゆっくりと立ち上がり、着物を羽織る。

夜叉丸の匂いに包まれ、揺れるようにふらつきながら、かやは鬼の里に背を向けて都へ向かう道を歩きだした。

ざこねの夜

はじめて月のものが訪れた翌日に、ふみは早足で、神社に向かっていた。

ふみは十一歳だった。

母に「これでふみも嫁に行ける、子が産める」と言われ、喜びではない、怒りにも似た衝動にかられ、以前から気になっていたあの場所を目指していた。

女になったのだ、自分は女として男とまぐわえるのだ――。

それは待ち望んでいたことのはずなのに、恐ろしくもあった。

友達と遊ぶのだと親に告げて、ひとりで向かった。遅くなったら不審がられるから、行ってすぐに帰ってくるつもりで、早足で、ほとんど走って峠のほうへ行った。

山道の途中に「江文《えぶみ》神社」と彫られた石があったので、迷いはしなかった。森の中の両脇《わき》に樹《き》が生い繁《しげ》る道を上がっていくと、間もなく鳥居があったので、くぐった。

人の気配は感じない。普段は、訪れる者もほとんどないのだろう。鳥居の先の苔《こけ》に覆《おお》われたゆるやかな石段を登ると、堂があった。思ったよりも、大きくはない。人が入れそうな堂はここだけで、ならば節分の祭が行われているのは、この建物なのだろうか。ぐるっとその建物を見ようと回り込むと、また石の段があり、社殿があった。そこそこ大きなものがひとつと、両脇に小さな拝殿が幾つか並んである。拝殿の狭間《はざま》に、小さなお地蔵さまがあった。誰かが野の花を供えている。子どものような愛らしい顔のお地蔵さまだった。

手を合わせると、すっと心が穏やかになっていくのを感じた。怒りも焦《あせ》りも恐怖も鎮《しず》まり、安心感に満たされるのと共に、身体《からだ》が火照《ほて》ってきた。

ふみは軽く手を合わせ、石の段を降りてまた早足で家に戻った。家に戻ると、姉に「顔が赤いよ」と指摘され、「走って帰ってきたから」と言い訳したが、そうではないのは自覚していた。

早く大人にならねば――そう思いながら、ふみはその夜も姉の隣で、指を自分の股《こ》間《かん》に這《は》わした。

ふみは早くから、気づいていた。自分の身体の奥に、自分の意思ではどうにもならないものが潜《ひそ》んでいることを。ときどき、それは暴れ出したくて、疼《うず》く。ふみは、寝たふりをしながら指で股《また》の間を弄《もてあそ》ぶことを毎日のようにやっていた。指でふれずとも、臍《へそ》の下に力を入れ、ぎゅううっと尻《しり》の穴を絞めるように力を入れるだけでも、心地よい。

身体がふわっと浮き上がるような感覚がある。それでいて、きゅうぅと、臍の下が絞めつけられ、ぱくぱくと魚が餌《えさ》を求めるように口が動く。顔についている口ではなく、両脚のつけ根にある、濡《ぬ》れた口だ。欲しい、欲しいと、口を動かし、よだれをたらす。裂け目の先端にある粒を撫《な》でて挟んでやると、何より心地よくて、ふみは毎晩、ふれていた。けれど、それで満たされることは、決してなかった。きっと自分の中にいる得体の知れない何かが求めるものは、このように自らが慰《なぐさ》めることではないのだろう。

父と母が、毎晩のように夜に声を潜め、やっていたことも、知っていた。普段、高圧的で、何か気にいらないことがあると母や姉や自分を叩《たた》き、口ごたえを許さない父が、夜になり母の布団《ふとん》に入ると、猫のような声を出すのには、もちろん気づいていた。

母よりも、父のほうが、声を出していた。子どもたちの前では、絶対に漏らさない声を。それはみっともなくもあったが、嫌ではなかった。むしろ、父がそんな声を出すのを知っていたから、いくら怒られて叩かれても、父を嫌いにはなれなかった。

どうやら、男というものは、夜に行われるあの行為が、とても好きらしい。ふみは女だったが、父と母が行っている肌を重ね合うまぐわいに強く惹かれ、身体の芯《しん》がしびれて、きゅうぅと臍の下が熱くなる感覚を早くから知っていた。

月《ひ》のものが訪れた今、やっと自分は解放されるような気がしてならなかった。

それから四年が経《た》ち、ふみは十五になった。

姉のまさは十七で、近隣の村から嫁入りの話も来ているが、嫌だ嫌だと泣いて断り続け、親も手を焼いていた。父が怒鳴り叩いて説得しようとしたが、まさは「嫁に行くぐらいなら死んだほうがましじゃ」と、川に飛び込もうとして騒ぎになった。「まさは強情じゃ。あれは嫁に行っても大変かもしれん。ふみの嫁入り先を探したほうがええかもな」と、さすがの父も諦《あきら》めたようだった。

ふみは姉のように、嫁に行くのを頑《かたく》なに拒むつもりはなかった。女として生まれてきたからには、抗《あらが》うことなどできるわけがない。姉だとて、いずれは従うしかないだろう。ただ、ふみは、その前に、どうしても叶《かな》えたいことがあった。

数年前に一度だけ行った、あの神社に、節分の夜に行きたい。大原《おおはら》の雑魚寝《ざこね》の日に——。

大原と鞍馬《くらま》に続く静原《しずはら》の境にある江文峠の手前、江文神社で節分の夜に行われているものは、「大原の雑魚寝」と呼ばれていた。

男女が集まり、堂の中で暗闇《くらやみ》の中、「雑魚寝」をする。もちろん、ただ寝るだけではない。その夜は、すべてが許されるのだ。誰と交わっても、その場限りだ。翌朝になると、忘れることが暗黙の了解だ。誰かに強制されているわけでもなく、その行為を望む者だけが、森の神社に訪れる。

昔は、そのような雑魚寝は、あちこちで行われていたが、徐々に廃《すた》れ、京の都でもここ大原ぐらいしか残っていないらしい。洛中《らくちゅう》から遠く離れた山の中だから、続いているのだろうか。

大原の雑魚寝を知ったのはまだ幼い頃、母親がいない夜に、父と伯父が酒を酌《く》み交わしながら、楽しげに話していたのを耳にしたのだ。

「一度行ってみたい気はするがなぁ」

伯父が低い声で、そう言った。

「しかしそんなところに自ら好き好んでくる女など、どのようなものじゃ」

「好きものの女じゃろ。それでも、試してみたくはあるが」

伯父の声は、笑っていた。

「お前は、かかで十分満足しとるようだな」

「俺は、いい」

「まあ……な」

伯父が父にそう言ったのを耳にして、なぜだかふみの身体が熱くなった。母に甘える父の声を思い出したからだ。

近くに、そのような場所があるのだとふみは知って、強烈な記憶として焼き付けられた。

子どもを作るためではなく、ただ身体を使った娯楽の場が近くに存在することは、衝撃だった。どのようなものか想像するだけで、いますぐに訪れてみたい衝動にかられるのを、じっとこらえた。

それからずっと、大原の雑魚寝に焦《こ》がれていた。

待ちに待った節分の日、両親と姉が寝入ったのを確かめたあと、ふみは静かに家を出た。月は出ているが、薄く雲がかかっている。早足でふみは、峠に向かう道を歩いた。

山道の脇にある「江文神社」と書かれた石を確かめ、ふみは右へ曲がり山の方へ向かった。苔で覆われた石の段の手前までは、人の気配を感じなかった。けれど、社殿の前にある堂に近づくと、摘んだ花を煮詰めたようなむわんとした匂《にお》いが漂ってきた気がした。

扉の隙間《すきま》から中を覗《のぞ》き込むと、四隅に蠟燭《ろうそく》が灯っており、薄闇ではあるが様子がうかがえる。

ぼんやりとした光の中に、蠢《うごめ》くものがあった。ひとりやふたりではない、少なくとも二十人以上は、いるだろう。まるで虫のようだと最初は思った。土の穴の中で、蠢いている、虫。あちこちで、声が漏れていた。男の声も、女の声も聞こえる。大きな声を出すまいと抑えてはいるが、だからこそ淫靡《いんび》な音を奏《かな》でていた。声だけではない、床に身体を打ちつける音、にちゃにちゃと水の溢《あふ》れる音、しゅぽんと、何かを吸う音、ギシギシと木の床がきしむ音。そしてその空間は、濃厚な香りが充満していた。この匂いを、ふみは知っている。家でときどき、両親が夜に同じ布団に入り漂わせる匂い、ふみが指で自分の股を触った際に、指先にまとわりつく匂い。枯れかけた花に顔を近づけると漂ってくる匂い、発酵させた野菜の匂い、夏に外で遊んで汗まみれになった自分の脇から漂ってくる匂い。それらをすべて煮詰めたような、鼻の奥にまとわりつくような、匂いだ。

ふみは大きくその匂いを吸い込んだ。自分はこの堂の中に入っていいものか、やはりいざとなったら怖くもあった。せっかくここまで来たのに、今日しか機会はないのに。

「何をしている、中に入れ」

ふいに背後で男の声がして、ふみは驚いた。躊躇《ためら》っていると、身体の大きい男がふみの背と尻をぐっと堂の中に押し込み、そのままふみを後ろから抱きしめる。男の身体は熱を帯びているのが、布越しでもわかる。その熱が、ふみの身体に伝わってきた。叫びそうになるのを、ふみは抑えた。知らない男なのに、全く嫌ではない。むしろ男に抱きしめられた瞬間、身体がぶるぶると震え痙攣《けいれん》した。それが嫌悪《けんお》でなく悦《よろこ》びであるのは、誰よりもふみ自身が知っている。

男はふみの身体を堂の入り口近くで仰向けに横たえ、着物の襟《えり》もとを剝《は》ぎ、顔を埋《うず》める。男の匂いは、もとからこの部屋に漂う匂いに、土と木の匂いが混じっていた。男は顔を隠すためか、手ぬぐいをほっかむりして鼻の上で巻きつけており、隙間からぎろっと目が出ていた。男がふみの首筋を吸うと、「ああっ」と声が漏れた。男は身体をずらし、ふみの乳房の先端を吸いながら揉《も》む。力が強く、思わず「痛い」と口にすると、「すまん」と謝られた。

　男はふみのかすかにふくらむ乳房の狭間に顔を埋めながら、裾《すそ》を割り、指を這わす。ぬっちゃぬっちゃと音が漏れ、男の指が這い回る。今、一番ふみの鼻腔《びこう》を刺激するのは、自分自身の股座《またぐら》から溢れるぬるい水の匂いだ。

　もうじゅうぶんに溢れているはずなのに、男は丁寧に五本の指を使い、ふみの重なり合った襞《ひだ》を、その先端にある粒を弄ぶ。

　必死に声を殺しながら、ふみは腰を浮かせる。毎晩のように自分の指で弄んでいたけれど、全く違う。男の指は、繊細に、まるで楽器を奏でているように小さく動きを変えながら、ふみの感じるところを探っている。

　夢心地、とは、このようなものだろうか。誰や知らぬ男なのに、ふれられるのがこんなにも気持ちがいいとは。力など、入らない。魂が抜かれてしまったように、ぼんやりと何も考えられなくなる。

　男はさらに身体をずらし、ふみの両脚を持ち上げ股間に唇をつける。

　耐えきれず、ふみは「ぁあっ！」と、大きな声を出すが、周りは気にしている様子もなかった。ふみ自身も、もう他の人間たちの存在が気にならなかった。男の舌が、下から上へと割れ目に沿うように動き、ときおり左右に舌をそよがせ、先を尖《とが》らせずぶりと入ってくる。

これだ、自分が求めていたのは、これだ——。

ふみは、そう確信した。

長年、ふみの身体の奥で欲しい欲しいと泣き声をあげて飢えていた、得体の知れないものが、待っていたのは、これだ。

「もっと、もっと」

思わずそう口にすると、男はだらだらと汁をこぼす女の裂け目にある粒を唇で挟み、舌でくるむ。

「ぁあっ」

ふみは両脚でぎゅううっと男の頭を挟む。

その瞬間、身体の奥から熱い血潮が濁流のように溢れてくる感覚があった。高まっている、押し寄せている、何かが——。

ふみの臍の下に、強い刺激が走った。次の瞬間、ふみは力を失い、ぐったりとしていた。

なんとか身体を起こし、男の股間に生えている肉の棒を手にする。男のものを見たのは、初めてではない。父が水浴びをしているのを何度も見たことがある。けれど父のはしぼんだ醜い皮でしかなかった。

目の前の男の棒はじゅうぶんに、堅く、鉄を火で焼いたように熱を帯びていた。男はふみを仰向けにして、それぞれの股間に顔を埋める格好になる。いつのまにか、ふみはすべて着物を脱ぎ棄《す》てて裸になっていた。

ちょうど月を覆っていた雲が遠ざかったのか、入り口から光が入ると、ふみの目の前にある小さな皺《しわ》に縁どられた排泄《はいせつ》の穴が見えた。尻の肉の割れ目沿いにあるものは、黒子《ほくろ》だろうか。丸く目玉ほどに大きい、黒子だ。その下には、だらりと陰嚢《いんのう》が垂れさがっている。

ふみは首を起こし、男の肉の棒をくわえ込む。ふみの両脚の間では、男が顔を埋め舌を動かしていた。

「もう我慢できん」

男はそう言って、身体を起こした。ふみの口から、しゅぽんと音を出して男の性器が抜ける。男はふみを四つん這いにさせ、「尻をあげろ」と口にした。

ぐさりと、太いものがうしろから突きささる。痛い――と感じたのは、一瞬だけだった。じゅうぶんに潤《うるお》ったふみの身体は、男の肉の棒を待ち受けていた。男が腰を動かすたびに、にっちゃにっちゃと音が漏れ、ふみは身体をそらし、声を漏らす。

「いいっ……たまらん」

男が泣きそうな声で、ふみの耳元で呟《つぶや》いた。

「あうっうぅっくぅっ、うぅぅーーーんっ」

さきほどまでの低く耳に響く声とは別人のように、男の声が急に甲高くなる。まるで犬が求愛をして甘えるかのような、くぅうんくぅうんという音が鼻の奥から漏れる。

「出る――」

男はそう口にして、ふみから身体を離した。ふみの中に、生温かいものが注ぎ込まれ、溢れて垂れる感触があった。

男は拍子抜けするほど素早く着物を羽織り、すっと堂から出ていった。

取り残され、ふみは呆然《ぼうぜん》としながら身体を起こし壁にもたれて座っていた。一度満たされたはずなのに、まだ、足りない。男を失った皮膚は、一瞬で冷たくはなったが、下腹部の熱は冷めることなく、もっともっとと欲しがっているのに、男は去っていってしまった。

しかしふみが考える暇《いとま》もなく、腕を引っ張られ唇を吸われた。違う男だ、匂いが違う。今度は獣のような匂いのする男だ。そしてさきほどの男より、ずっと小柄で、自分よりも背が低い。しかし力は強い。ふみは唇を吸われ、舌を絡《から》ませられ、そのまま仰向けに横たわらせられた。

最初にふみにのしかかった男は、口を吸うことをしなかったことに、ふみは気づいた。だからこれが、初めての口吸いだ。

男は一度、唇を離し、ちゅっと軽く弾《はじ》くように唇を重ねたあと、舌でふみの唇をなぞり、口の中ににゅるりと入れる。男の舌が、ふみの口の中の天井をぐるりと辿《たど》り、むずがゆさと共に、じわじわした疼きが口から身体に伝わっていく。

顔を離した男がふみの上で、にゃぁと笑ったのがわかる。

男は、両手でふみの頬を挟み、また、口を吸う。いったん唇を離すと、舌を出して唇の周りやふみの頬を舐《な》める。男の口が首筋を辿った際、こそばゆさに、ふみはいやいやと、かぶりをふった。

「俺の相手が、嫌か」

ふと、男がそう言った。

「違う、こそばゆいだけや」

「そうか、よかった」

男はそう言って、ふみの身体の上にのしかかってきた。最初の男より、ずいぶん軽く、重みを感じない。

男の指がふみの両脚の狭間をまさぐっている。

「大丈夫だな」

濡れているのは、最初のまぐわいの名残でしかないのだが、男はいきなりぐぃっと堅いものをふみの臍の下に押し付ける。

さきほどの男は、丁寧にふみのそこを舐めて潤してくれたのに——と、少し不満に思ったが、まあよいかとふみは力を抜いた。

今度も痛みはあったが、ずいぶんとマシだった。本当に一瞬だった。

「おぉ……えぇのぉ……」

男は顎《あご》をそらしながら腰を動かしている。見てはいないが、今度の男の肉の棒は、たぶん小さい。感触が、さっきとは全く違った。自分の中で、指が入ったり出たりしているようだとふみは想像した。粘膜が男を包みこみすがりつくようにこすれる感覚も、ない。

まだふたりしか男を知らないけれど、人によってずいぶんと違うのだとふみは思った。ならば、いろんな男とまぐわって、味わってみたい。男を知りたい。

「すまん」

男は小声でそう口にして、腰を引き、棒を抜いた。

「やっぱり俺はこのように、人がたくさんいるところは向かなかったようだ。萎《な》えてしまったわ」

男はふみから身体を離し、壁にもたれ、息を整えている。

ふみも、ゆっくりと身体を起こす。

拍子抜けした。丁寧な口吸いに気分が高まったのだが、その先が無かった。

男は、ふみの手を引っ張り、堂の外に出ようとした。慌《あわ》ててふみは、着物を羽織り、ふたりで地蔵の前の石に腰を下ろす。

月はすっかり姿を現していた。

男は振り返って地蔵を一瞥《いちべつ》したあと、ふみの顔をまじまじと見て、口を開いた。

「この地蔵さま、お前に似ているな。幼い、愛らしい顔をしているのぅ」

そう言われても、ふみはどう答えていいのか、わからずにいた。

中にいるときよりも、男の姿かたちが、よく見えた。猿に似てる——男の顔を見て、ふみはそう思った。芝居で使う猿の面のようで滑稽《こっけい》さを感じながらも、嫌ではなかった。

男はふみの頭をぐぃっと引き寄せて、口を吸った。

軽く弾くよう唇をちゅっちゅと合わせたあと、舌をねじ込み、ふみの口の中をかき回す。やはり、この男は、口吸いがうまい。それだけで、もう気持ちがいい。

ふみは期待したが、男はさきほどのように顔を離してしまう。

「俺は、女好きなくせに、うまくいくことが滅多にないのじゃ」

男はそう言って、大きく息を吐いた。

「お前はどうしてこんなところに来たのじゃ。何度も来てるのか」

「初めてだ」

ふみは、答えた。

「子どもの頃から、どんなもんか見てみたかったんや」

ふみがそう続けると、猿顔の男は驚いた表情を見せた。

「俺も、来たのは初めてだ。もともと京の人間ではないが、所用があって都に来ている。大原の雑魚寝というものがあるのは、知っていた。俺も物は試しで来てみたものの、どうも気後れして勃《た》ちが悪い」

猿顔の男は、そう言いながら、立ち上がり、話し続ける。

「お前はこの辺りの女か」

「すぐ近くの村じゃ」

「いくつだ」

「十五」

「これは驚いた。俺と同じ年だ、お前は子どものように見える」

十五と聞いて、ふみのほうも驚いた。顔の皺のせいか、ずっと上だと思っていた。

「お前はどこから来たんや？」

今度は、ふみが問いかけた。

「俺はなぁ、尾張中村《おわりなかむら》の百姓の子じゃ」

「お前も百姓なのか？」

「いや……俺は男として生まれてきたからには、百姓として終わりたくないと、家を飛び出してきた。貴族は貴族にしかなれない、武士は武士にしかなれない世の中は終わったと俺は思っている。だから俺は、出世して、偉くなってやると誓って、そのために仕える者を探して旅をしている。俺はこの世で一番偉い者になってやる」

男は話し続けた。

さきほどの小屋の中では声を抑えていたのだろうが、男のもとの声は甲高く、早口だ。

不器量ではあるが、愛嬌《あいきょう》があり、不思議な安心感がある。

しかし百姓がそんなに偉くなれるわけがない。

男も女も、生まれながらの土地や身分から離れられるわけがないのだ。

自分だとて、山の里に生まれ、きっと親と同じように畑仕事や木の伐採をする男のもとに嫁ぎ、子を産み、死んでいくのだろう。

「なれるわけがないと思っているだろ」

猿顔の男が、ふみにそう言った。心の中を見抜かれて、恥ずかしくて俯《うつむ》いた。

「そんなことはないぞ。お前だって、自分が来たくてここに来たんだろ。誰に命令されたわけでもなく」

男の言葉に、ふみははっとして顔をあげた。

そうだ、私は自分の意思で、誰にも告げずにひとりでここに来た。男と交わりたくて、しょうがなかったから——。

「お前のような若い女がひとりで来るなど、よっぽどの勇気がいっただろう。自ら男と交わるのを求め、楽しもうとしたんだろ。たいした女だ」

ふみは、目が覚めるような感覚を味わった。

ここに来ることは、たしかに勇気が必要だったが、うしろめたさが張り付いていた。

もし見つかったら、父には殴り倒され、母や姉には罵《ののし》られ、勘当されていたかもしれない。何よりも、自分から男を、しかも複数の男と交わりたいという願いを持ち続けているのはおかしいのではないかと秘《ひそ》かに困惑してもいた。

けれど、そんなふみの欲望と行動を、この猿顔の男は、褒《ほ》めてくれるのだ。

「俺は帰る。お前はまだいるのか」

聞かれてふみは頷《うなず》いた。

「そうか、楽しんでこい」

猿顔の男は、ふみの顔をまじまじと眺めたあと、早足で苔で覆われた階段を降り、闇に紛《まぎ》れた。最後に、もう一度だけ口を吸って欲しかったが、男は一瞬でふみの前から消えた。本当に猿のようなすばしっこい動きだった。

ふみは堂の中に戻ろうとしたが、そうすると家に帰れなくなるような気がして、そのまま鳥居をくぐり神社を背にする。姉や両親が、ふみがいないことに気づく前に、帰らねば――。

早足で山道を歩きながらも、両脚のつけねに、まだ何か物が挟まったような感触が残っていた。

幸いにもふみが家を抜け出して神社に行ったことを、家族の誰も気づいている様子もなく、朝起きたらいつもの日常に戻り、顔をつきあわせて飯を食って、母の畑仕事の手伝いをしていた。

ふみは、来年が待ち遠しかった。来年、また神社に行くつもりだった。最初にまじわった男にも、会えるかもしれない。あの男の舌や肉の棒の感触が、股にずっと残っていた。

けれどひと月もしないうちに、伯父が、ふみに縁談の話を持ってきた。

ひとつだけ、期待していた。嫁に行くと、男と毎晩のようにあのまぐわいができる。夫婦だから、咎《とが》められることもない。だからふみは嫁入り話を受け入れ、次の月には、大原に住む男のもとに嫁ぐことになった。男はふみの父と同じように、木を伐採して都に売っている。ふみとはふたつ違い、姉と同い年で、名は三蔵《さんぞう》という。

嫁に行く日まで、夫となる三蔵と顔を合わせる機会もなかったが、相手の家に行くと、三蔵の両親も一緒に住んでいた。口が達者そうな母親と、腰の悪い父親がいた。

三蔵は、背が低く痩《や》せぎすで、ふみの顔を見ても、なんの感情も見せなかった。この男も自分と同じで、ただ年ごろだから親に言われて嫁をもらった、それだけなのだろう。

その晩、さっそくふみにのしかかってきた。聞きはしなかったが、女は知っているようだった。

三蔵はふみの唇を吸うこともせず、まだじゅうぶんに潤っていないのに、太いけれど短い肉の棒をぐぃっと押し込んできた。あの神社で、最初に男のものを受け入れたときよりも強い痛みが走り、ふみは「痛いっ」と、声を出してしまった。

「黙れ、親が起きる。静かにしろ」と、男が腰を動かしながら口にしたので、ふみは頷いた。

ただ男のものが出し入れされているうちに、じんわりと、下腹部の奥にある女の芯に火が灯された感覚があった。

そのうち、こすれた部分から、ぴちゃぴちゃと音が漏れてきた。

ああ、やっぱり、私はこれが好きだ――ふみはのけぞって、「あぁぁっ！　気持ちええっ!!」と、大声を漏らしてしまった。三蔵に「静かにしろ」と、たしなめられたが、奥まで突かれるたびに、我慢できずに喘《あえ》ぎ続けた。

毎晩、これができるのだ――と思うと、ふみは嫁にきてよかったと思った。

しかし、半年も経たずに、ふみは実家に帰された。

三蔵とは、最初は毎日のように交わっていた。夫が「疲れた」と言っても、ふみのほうから夫の上にのしかかり、自分で腰を動かすことも覚えた。上になるのは、自分で自分の気持ちのいいところに当てられるので、好きだ。けれど不満は、あった。しても しても満足はできない。あの神社の暗闇の中で最初にまぐわった男とのような全身が痙攣し意識が飛ぶような快感は、夫では得られない。それでもふみは、毎晩、夫を求めた。そのうちに夫が、「もう勘弁してくれ、身体がもたない」と言い出した。

離縁されてから知ったのだが、三蔵の両親が、ふみのことをよく思っていなかった。ふみは、家のことをするのが下手だった。実家にいるときは、飯を作るのも、ふみの味付けでは不味《まず》いと母と姉がすべてやっていた。掃除も洗濯も下手で、汚れや臭《にお》いが残ると、姑《しゅうとめ》に怒られた。畑仕事もやろうとはするが、要領が悪く、姑をいらつかせてしまう。

そのくせ、夜になると自ら夫の寝床に入っていく。姑と舅《しゅうと》は、この嫁は家事も畑仕事もロクにできないくせに、夜になると声がうるさくて眠れない、近所の家からも、「あない大きな声出されると目が覚めるわ」と苦情を言われたなどと、面白く思っていなかったようだ。

子どもができてしまう前に、違う女を嫁にもらったほうがいいと思ったのか、ふみは離縁された。夫だった男も、ふみに未練は無さそうだった。

ふみが久々に帰ると、実家ではまさが嫁に行っていた。嫁ぎ先は、実家から歩いてすぐだ。

まさの夫は、彦《ひこ》と言った。まさと同い年で、近所なのでふみもぼんやりと知っていたが、ここ六年ほどは、都で大工の棟梁《とうりょう》のもとで働いていて、村を離れていたはずだ。その彦が、親が老いてきたからと家に戻ってきていた。

実はまさは、ずっと彦を慕っていたのだと、ふみが実家に戻ってから聞いた。だから嫁に行く話があっても拒んでいたのだと。ふたりは幼馴染《おさななじみ》で、結婚の約束もしていたらしい。

ふみは驚いた。まさにそのような想《おも》い人がいたということに、全く気付いていなかった。それは両親も同じだったようだ。

ふみが家に戻ってから、姉と一緒に野菜を持ってきた彦の顔を、一度だけ見た。大柄で、のっぺり間延びした顔の男だなと思った。ほとんど喋《しゃべ》らず、野菜を受け取ったふみが礼を言うと、軽く頭を下げただけだった。どうももとから愛想がなく、喋らない男のようだ。そんな男を、姉がそこまで気に入ったというのが意外だった。彦は、山で木を切る以外にも、大工の技術をいかし、あちこちで重宝されているようだった。身体が大きく力もあるので、木材を運ぶのにも役に立つと、親が言っていた。家のことができないふみと違って、まさは働きものの嫁として彦の親にも可愛《かわい》がられているのだとも聞いた。

ふみはただ、次の節分のことだけ考えて暮らしていた。またあの男に会えるかもしれない、最初にふみに覆いかぶさった男に。あれから猿顔の男、夫と、三人の男と交わりはしたが、最初の男に勝るものはなかった。節分までには、まだ三月ある。

そんなとき、思いがけず、姉夫婦がふみの家でしばらく過ごすことになった。冬に入ろうかとしているある夜に、季節外れの強い風が吹き、姉夫婦の住む家の屋根が傷《いた》んでしまったのだ。彦が直すとはいうが、それまで吹き晒《さら》しの家には住めない。都の北のこの村は、寒さもきつい。

とりあえず、姉の義父母は、彦の姉が嫁いでいる隣村でしばらく世話になるという。そうして、姉夫婦が、ふみの家で暮らすことになった。

姉が子をはらんでいるのは、そのときに知った。腹は少しばかり膨らんでいた。つわりがひどいらしく、げぇげぇと吐いてつらそうだった。

姉夫婦は、ふみと同じ部屋に寝とまりすることになった。ふみにとっては、ただ邪魔なだけであったが、仕方がない。

同じ部屋で寝るようになってから、三日目の夜だ。ふみは姉夫婦の寝息を確かめたあと、そっと自分の股座を弄び、声を抑えて達して、眠りにつこうとした。

夜は更《ふ》けていた。

「眠れん」

囁《ささや》くような、声がした。

彦だ。

「どうしても……な……」

布団の中で、彦と姉が何かやり取りしているのが漏れ聞こえてくる。

「お腹《なか》のなかに、子どもがおるんやから」

「我慢できん」

「だって……隣にふみもおるし」

「寝とるやろ」

「でも」

「頼む」

姉の声が、彦を拒んでいたが、「これで——」と、姉が布団をかぶったままうつ伏せに体勢を変え、ずらす。仰向けになった彦が、うっ、うっと声を漏らしはじめた。

何が起こっているかは、すぐにわかった。姉が彦の男の棒を咥《くわ》えているのだ。

「うぅっ……」

あの無口な男が、身もだえている——ふみはさきほど果てたはずなのに、再び自分の股に指を差し込んだ。

身体が大きく見るからに無骨な彦が、必死に声を殺している。姉がそういう行為をすることも、驚きであった。

あれを咥えたい、男のものが、欲しい、舐めたい——ふみの下腹部が熱を帯びる。

「あかん……出る……あうっうぅっくぅっ、うぅぅーーーんっ」

耐えきれなかったのか、普段の彦からは想像がつかない甲高い声が、漏れた。男の身体がぴくぴくと上下したあと、姉が身体を元に戻し、夫の隣で仰向けになる。

姉は男の汁を、呑《の》み込んだのだろうか。ふみは、ひたすら姉が羨《うらや》ましくてたまらず、自分の股の間で、指を動かす。

ふたりとも、無言で、何事もなかったかのように仰向けに並んで、寝息を立て始めた。

ふみのほうは、目が覚めてしまった。眠れない。

姉夫婦の行為に驚くよりも、彦が最後に漏らした、甲高い声が、頭から離れなかった。

「あうっうぅっくぅっ、うぅぅーーーんっ」

聞いたことがある声だ、発情した犬が出す、甘えた甲高い声。

節分の日に、神社で最初にふみを抱いた男が精を放つ瞬間に漏らした声ではないのか。


翌日から、ふみは彦の動向を目で追うようになった。もちろん、姉にも両親にも気づかれぬように。けれど彦は、昨夜のことなど無かったかのように、いつも通り朝飯を食い、家の補修にでかけ、夜に帰ってすぐに眠りにつく。

ふみは気になって、しょうがなかった。

あの男が姉の夫かどうかどうやったら確かめられるのか、ふみは考えた。薄暗かったし、顔は手ぬぐいでほっかむりして隠していたので、わからない。

そうだ、とふみは思い出した。

あの男は、尻に大きな黒子があった。互い違いに股を舐め合ったときに、印象に残っていた。ならば、彦の尻を見ればいい。ふみは、彦が排泄するのを狙《ねら》うしかないと思った。

ふみの頭の中は、彦の尻を見ることで、いっぱいだった。

腹が日に日に大きくなるまさは、もう動くのが億劫《おっくう》そうだった。そのくせひどく腹が減るらしい。ふみが芋《いも》を炊《た》くと、まさはすごい勢いで口にした。「彦さんにも持っていこうか」と、ふみが言うと、まさは嬉《うれ》しそうに頷いた。

ふみは炊いた芋を持って、屋根を補修している彦の家に行く。彦がちょうど休んでいるところだったので、芋を渡した。ふみはいったん、立ち去るふりをしたが、家の前の川沿いで様子をうかがっていた。

一刻《とき》も経たぬうちに、誰かが来る気配がしたので、ふみは川の傍の石の陰に隠れた。彦が、大きく息を吐いて、着ているものをたくしあげ、肉の棒を放り出した。ぶらんと力を失っているが、夫であった三蔵のものよりは大きいと、ふみは思って見惚《みと》れてしまった。先端から、尿がほとばしる。けれど、これでは尻は確かめようがない。ふみは息を潜めながら、じっと眺めていると、出し切ったのか彦が指で肉茎をつかみ、ぶるんぶるんと雫《しずく》を飛ばす。そしてくるりと川に背を向けて、穿《は》きものを下ろし、しゃがみこんだ。

ふみは目を凝らす。

黒子があった。

白く平坦《へいたん》な尻の割れ目の脇に、あの目の玉に似た大きな黒子がある。

彦は川に向かって、放屁《ほうひ》したあと、排泄を始めた。

ふみはその様子も、じっと眺めていた。

間違いない、姉の夫は、あの男だ――。

そうなると、もう、どうしようもなかった。

したい、したくてたまらない、彦と。

ふみは次の日、家の屋根を補修している彦の元にまた芋を差し入れに行き、ひとりでいるのを確認して、腹が痛いから休ませてくれと、横になった。彦が困ったような顔でふみを眺めていたので、「腹をさすってくれ」と頼んだ。彦が伸ばしてきた手を、ふみはつかんで股座に導いた。「濡れてるやろ」と、ふみが口にすると、彦は答えずのしかかってきた。

姉が妊娠し、彦も女に飢えているだろうとは、わかっていた。あの神社の雑魚寝に来るような男なのだから、もともと好きものなのだ。

彦はふみの上で、激しく腰をふった。自分の下腹部の、濡れた襞に、あつらえたようにぴったりとはまる男の肉を、ふみは見つけた。

そうして、毎日、彦の家で、ふたりは交わるようになった。

けれどどうやら村の者にふみが出入りするのを見られ、まぐわっているときの声も聞かれたらしい。最初に彦と身体を重ねてから半月も経たぬ頃に、姉と両親の耳に入った。

ふみが帰ってくるなり、姉は見たこともない表情で、ふみに「殺してやる」と言い放った。眼が鬼のように爛々《らんらん》と光をたたえ、真っ赤な顔で、震えていた。

母が「お前はどうしようもない娘だ」と、泣きながら怒っていた。

ふみは自分が悪いことをしたとは思っていなかった。

だって、彦も喜んでいたもの。そして姉は腹に子どもがいるから、できない。その代わりに自分が彦とまぐわって、何が悪いのか。

「そんなに男が好きならば、都に出て遊女にでもなってしまえばいい」

父は、ふみの頬を叩いて言い捨てた。ひりひりと痛かったが、謝る気にはどうしてもなれなかった。

遊女──そういう女がいることは、ふみも知っていたが、山の里に住み、見たことはなかった。

金を貰《もら》い、春をひさぐ女。

そうかと、ふみは目の前が晴れた。出戻りの身で、家を追い出されたらいよいよ自分は行くところがなく野垂《のた》れ死《じ》にするしかないと思っていたが、遊女になれば生きていけるではないか。

しかも、いろんな男とまぐわいができる。

「遊女になる。都へ行く」

ふみがはっきりとそう口にすると、母も父も恐ろしいものを見るような目でふみを見た。

もう嫁になど行きたくない自分は、生きる道がないと思っていたが、そうではなかった。

そのことに気づいて、ふみは喜んだ。

姉は、「出ていけ！　お前は地獄に堕《お》ちるわ！　仏様は見てる！　罰《ばち》が当たるわ！」と、ふみに怒鳴ったあと、倒れるように膝《ひざ》を落とし、泣き始めた。

遊女になってしまえばいい――そう口にしたくせに、親はふみを止めた。けれどふみは、このまま家にいるわけにはいかないと、振り払って里をあとにした。

姉と彦がどうなったかも気にはなったが、自分がそばにいないほうがいいのは間違いない。親だとて、これから生まれてくる孫のためにも、ふみという厄介ものがいなくなったほうが安心するであろう。

そうはいっても、いきなりひとりで都に行き、どうやって遊女になるのかわからない。ふみは、幼馴染のはるのことを思い出していた。はるは、ふみよりひとつ上で、子どもの頃はちょくちょく一緒に遊んでいた。去年、はるは都から来た男に連れられ、とつぜん村から消えた。博打《ばくち》好きの父の借金のかたに売られたのだと、親が話していたのを聞いたことがある。

そしてはるは、村を早朝に出て歩き通しても、夕方までかかる程には遠い、都に流れる大きな川のそば、五条《ごじょう》らへんに住んでいるという。そこには、はると同じような境遇の女たちがいるらしい。

ふみは、五条を目指した。

村から出るのは初めてで、たどり着けるかどうか不安はあったが、心躍《こころおど》る気持ちのほうが勝っていた。

運もよかったと、ふみは後々振り返って思うのだ。五条の鴨川《かもがわ》近くまでは来たが、どの辺りに行けばいいのか迷って、ふみは足が疲れて橋の下に座り込んでうとうとしていた。

「お嬢ちゃん、そんなところにひとりでいたら危ないよ」

そう、声をかけてきた者がいた。ふみが今まで見たことがない、綺麗《きれい》な女だった。

身につけている物は粗末ではあるが、色が白く面長で、切れ長の目が潤んでいる。

「どこから来たんだい。誰かとはぐれたのか」

問われたふみは本当のことを口にしようか迷ったが、いきなり遊女になりに来たと
言って、驚かれ、村に帰されるのは嫌だった。そこで、幼馴染に会いに来たと女に伝
えた。

「はる……聞かない名前だねぇ。でも、自分の名前を捨てる者も多いから。私もそう
だ」

その言葉で、この女も遊女なのかと、ふみは思った。

「とりあえず、夜がふけて暗くなるから、おいで」

女は自らを、霞《かすみ》と名乗った。女に連れていかれたのは、川沿いにある、ふみからし
たら見たこともない立派な家で、他にも人が住んでいるようだった。

「明日になったら、私が一緒にその幼馴染を探してあげたいが……ここにいる女たち

は、それぞれ事情もあるから、昔の知り合いに会いたくない者もいるのをわかっておくれ」

霞はふみの手を引いて階段をあがりながら、そう言った。

「あの……うち、本当は……遊女になりたくて来たんや」

ふみが打ち明けると、霞は足を止めた。

「あんた……本気なのかい？」

ふみは頷いた。

「いくつだい？　若く見えるけど」

ひとつ年を取ったふみが「十六」と答えると、霞は「それなら大丈夫だ」と頷いた。

「男と寝たことはあるのか？」

「うん」

「何人とだい？」

「三人」と、ふみが正直に答えると、霞は「上等だ」と笑顔になった。

霞は、それ以上、多くを聞こうとはしなかったが、その日のうちに段取りをつけてくれたようだった。

結局、はるには会えなかった。

そうしてふみは、望み通り遊女になった。

都には、身分の高い人たちが訪れる場所もあるらしいが、ここはもっと気楽な、金を持っていて女と遊べる余裕のある者たちが訪れるところだ。

普段は姐《あね》さんたちの身の回りの世話もするが、夜になると「おかあさん」と呼ばれる、かつては自らも遊女だった女将《おかみ》に呼ばれ、一階の客間で男を迎える。

ふみの最初の客は、ふみの父親より年上の男だったが、優しい、いい客だった。ふみは自分が男を悦ばす側であることも忘れ、男に身を委《ゆだ》ねてしまった。あとになって思ったが、女将が、わざとそのようないい客をつけてくれたのだろう。だからふみは、自分に向いていると思ったのだ。ふみは若かったし、幼い顔立ちが愛らしく、そのくせ自ら積極的に男を攻めるのが悦ばれ、すぐに人気がでた。

もちろん、いい客だけではない。嫌な男、殺したくなるような男もいた。乱暴なことをされて、やめようと思ったのも、一度や二度ではない。

姐さんたちの中にも、霞のようにずっとふみに親切な人もいれば、意地が悪いやつだっていた。親の借金のかたに売られ、好きでもない男と寝るのは地獄だと嘆《なげ》く女たちが多いなか、自ら飛び込み、多くの男と肌を合わせるのに悦びを感じるふみは、異質な存在だった。だからこそやっかみもあり、「おかしな子だ」と陰口もたたかれたが、気にしないように心がけていた。

嫌な目にあっても、自分の居場所はここだとふみは思っていた。今さらまた故郷に戻って、誰かのところに嫁ぎ、子どもを産み、旦那《だんな》の世話をして一生を終える。そんな生活は考えられなかった。

ふみが遊女になり、またたく間に年月が経った。世話になっていた霞は、あるとき姿を消した。客とできてしまったと、女将から聞いた。霞は親の借金のかたに売られてきた娘だけど、稼いでもくれたし、もう年も取って売れなくなってきたから、許したんだよと女将は言った。

そのように、客と恋をする遊女の話は、ときどき聞いたが、霞のように円満にいった話は珍しい。たとえ足抜けをしてどこかの奥さんになっても、追い返されてうちに帰ってくる女もいるとも、聞いていた。

「こういう商売してるあたしが言うのもなんだけど、身体を売ったことは一生ついてまわるんだ、幸せにはなりにくい」と、女将が口にした。

ふみも昔のように若くはなかったが、馴染みの客は何人かいて、仕事を続けることができていた。そしていつのまにか、この店で一番の古株にもなっていた。

ふみがそのように暮らしている間、世間は足利の将軍もミカドも力を失い、そこらじゅうで戦《いくさ》が起こり、ついこの前まで身分の低い侍だったものが大将となって城を築いたりしているそうだ。殺し合いも当たり前で、京の都だっていつ戦乱に呑み込まれるかわからないのだと、客のひとりに聞いた。けれど、ふみには自分とは全く関係ない世界のことだとしか思えなかった。

ふみは今でも、男の数を重ねるのが楽しかった。男はそれぞれやりかたが、違う。男の棒の形も違う。がっしりした身体の男が、技が稚拙であそこも小さかったり、威張っている男が、裸になると女のように甘えた声を出したり——そのように人が普段隠している弱く脆《もろ》い部分が、曝《さら》け出されてしまう。裸で犬のようにまぐわっていると き、恥ずかしい格好をして、男も女も人間ではなくなる。かつて、家で母と父がまぐわっていたときに、父が子猫のような声を出して母に甘えていたことを、繰り返し思い出した。人には、そんな時間が必要で、だから男たちは女を買いに来るのだろう。

実際に男たちはよく、ふみに甘えた。母を思い出すと言って、乳房に顔を埋め泣いた男は、侍だった。最初は乱暴な言葉遣いをして偉そうにしていたが、ふみが肉の棒を撫でてやると、それだけですぐに精を放ってしまう。

自分の前で、本当の姿を曝け出す男を、ふみは愛《いと》おしく思った。

彦のことなど、とっくのむかしに忘れてしまった。両親や姉夫婦がどうしているのかも、知らない。自分は天涯孤独の身なのだと思ったが、それでよかった。

そんなとき、客から「信長《のぶなが》さまが上洛するらしい」と、聞いた。信長という名は、聞き覚えがあった。尾張守護代の奉行の子だったが、足利の将軍が恐れる力を持っていると。そして、美男子で、なんでもその妹も含め見栄《みば》えのいい一族らしい、と。そんなにいい男なら姿を見てみたいと湧《わ》きたつ女たちもいたが、どれだけいい男だとて寝られるわけもなしと、ふみはあまり興味を持たなかった。

世の中が騒然としていたその頃に、ふみはあの男に再会した。

「まさかこんなところに、お地蔵さんのような愛らしい顔があると思ったらのぅ、お前だ」

猿顔の男が、ふみが働く色街に現れたのだ。見世《みせ》から少しだけ顔を出したふみと、目があった。

お互い、あの節分の夜の記憶が蘇《よみがえ》った。

男は嬉しそうな表情を浮かべ、ふみのいる店の座敷に上がってきた。

「殿に仕えて、久しぶりに都に来たのじゃ。色街があると知ってな、どのようなものかと興味があって訪れたら……まさか懐《なつ》かしい顔に会えるとはな」

男は、そう言って、ふみの着物を脱がした。

「おお……いい身体になった。さぞかし男を知ったんだろう」

そう口にしながら、ふみに覆いかぶさり、口を吸う。

唇を合わせ、ふみの舌を吸い、くちゅくちゅと音を立てる。

「ぁあっ」と、ふみは男が口を離した瞬間、声をもらした。やはりこの男は、口吸いが巧みで、それだけで我を忘れそうになってしまう。

しかし男の肉の棒は、ずっとだらりとなったままだった。ふみが堅くしようと、舐めたり揉んだりしても、変わらない。「俺はどうも、出世すると共に、こっちが弱くなったようだ。嫁にも、他の女との間にも、子どもができん。だからもう無理せずともよい」と、言ったので、ふみも諦めて、ただ裸で隣に寝ていた。

「お前は、売られてここに来たのか」

「違う。あれから一度、嫁に行ったが、返された。家におって、ねぇちゃんの旦那とまぐわうようになって、追い出されて、そんなに好きものならば遊女になれと親に言われ、ここに来たんや」

正直に言うと、男は、「ははは」と、声を出して笑った。

「おもしろい女じゃのぅ。お前、どうだ。ここを出て、俺のところに来ないか。妾《めかけ》にしてやる。お前も、いい年だ、長くはここにはいられないだろう」

そう言われ、ふみは考えた。

どうもこの男は、本当に出世をしているらしい。身なりもどことなく、こざっぱりしている。近くで仕えたならば、楽な暮らしはできるだろうし、この男のことは嫌いではない。

「もしもうちが、あんたの妾になったら、うちは他の男とはまぐわいはできないんか？」

ふみが訊《たず》ねると、男は困ったような表情を浮かべた。

「そうだな、お前が俺の女になったら……平気ではないな。俺は、その……女との交わりが苦手だからこそ……許せないかもしれん。俺の女たちは、俺だけのものでいて欲しい。他の男と比べられたくもない」

ふみは失望した。矛盾しているではないか、と思った。

自ら望んで男たちに抱かれる自分を最初に褒めてくれたのは、この男だ。

けれど、自分の女には、それを許さないらしい。

「もったいない話やけど……うちはまだ、ここにおるわ」

ふみがそう返すと、男は、「そうだな」と、あっさりと引いた。きっと最初から本気で口にしたのではないのだろう。

「俺は、いずれ天下を取るぞ。何を戯言《ざれごと》を抜かしているのだと思われるだろうが、必ず、そうなる」

男は独り言をつぶやくかのように、そう口にした。

ふと、ふみは、家を出ていく際に、姉に「地獄に堕ちる」と罵られたことを思いだした。

「……私は地獄に堕ちるんやろうか」

「人は生まれながらにして皆地獄行きだ。お前も、俺も」

男は、にやにやとしながら、そう答えた。

「俺の主人は、多くの人を殺《あや》めている。俺も同罪だ。ロクな死に方をせん。だから、安心しろ。地獄行きはお前だけではないわ。むしろお前は、多くの男を悦ばしているのだから、極楽に行けるかもしれん」

男はそう言って、遠くを見るように目を細めた。

「すべては夢のまた夢じゃ」

「どういうことや」

「俺は百姓から武士になった。けれど、どうせいつかは死んで、すべて失うのよ。それがときどき、怖くもあるから、この世にあるものすべては夢だ、儚《はかな》い浮世の夢だと自分に言い聞かせておるのよ。夢だから、何事も恐れることはない、と――つまりは俺は、何も信じておらんのじゃ。ゆえに人をたやすく殺せるし、裏切ることもできるのよ――」

男はそこで我に返ったように言葉を切り、「もう帰らねばならん」と、服を身に着けた。

「そういえば、お前の名前を知らなんだ」

「ふみ、という」

「ふみ、か。また会えればいいが、先のことはお互いわからん。もしお前が、行き場を失ったら、俺を訪ねてこい。もっともそれまで俺が生きているかどうかもわからんが……。俺の今の名前は、木下藤吉郎《きのしたとうきちろう》という。じゃあ、元気でな」

男はそう言って、外に向かい、ふみは急いで見送ろうと、男を追った。

けれどかつて神社で出会った際のように、男は一瞬で姿を消していた。

「憐《あわ》れな女よ」

ふと声をかけられ、うしろを振り向くと、ぼろ布を纏《まと》った僧侶《そうりょ》がいた。

僧侶はふみを見て、手を合わせている。

「金のために身を売る、憐れな女よ。今ならまだ、仏は救ってくれようぞ。今すぐ、ここを出るのじゃ」

女将から、聞いたことがあった。

ときどき、ここがそういう場所だと知って訪れ、身を売るのはやめよと声をかける坊主《ぼうず》がいると。

こいつか。

「このようなことを続けていると、いずれ仏罰があたるぞ」

僧侶は無表情で、数珠《じゅず》を手にし、ふみに向かって何かぶつぶつ言っている。

頭の奥で、姉の「地獄に堕ちる」と言う声が響く。ふみは、僧侶に背を向けて、部屋に戻った。

猿顔の男の名を思い出したのは、それから数年後だ。

比叡山《ひえいざん》が織田《おだ》信長の手により燃やされて、京の空が赤く染まった。

都の北の、ふみが生まれ育った村も、無事では済まないだろうと思うほど、遠くからでも広がる火の手が見えた。

女子どもも容赦なしに燃やされ、世の人は怯《おび》えた。その信長の家臣に、秀吉《ひでよし》という男がいると聞いたのは、一年ほど前だ。その男は、猿のような顔で、以前は木下藤吉郎と名乗っていたのだと知った。信長に気に入られ、功績を積み重ね、そのうち一国一城の主となるだろうとも。

あの男は、言っていたとおり、出世したのだ。天下取りの大名の家臣となり、世に名をとどろかすようになっていた。

ふみのほうは年を取って、つく客も少なくなった。ずっと世話になった女将が亡《な》くなり、新しい女将は、ふみに冷たい。ここにはもう長くいられない。

けれどふみは、今さらその男を頼ろうとは思わなかった。

比叡山に火が放たれてから二年が経った。

ふみは女将に追い出され、ねぐらを探し、とりあえず一夜の雨風をしのごうと、五条の橋のたもとにたどり着いた。

どうせ自分は故郷を出て、好きに生きてきたのだ。親や人の道に逆らってはいるかもしれないが、一度も後悔したことなどない。だから、なるようになれとしか、思わない。

女に生まれたからには、生きていく手段は何かしらあるはずだ。

「憐れな女よ」

夕闇の中、河原に横たわろうとしたふみは、その声で顔をあげた。

橋には、僧侶が立っていた。粗末な身なりをした、老いた男だ。

「身を売って生きてきた、憐れな女よ」

その僧侶は、かつてふみが猿顔の男を見送った日、店の前にやってきた者のようにも見えた。

「身を売るのをやめるのじゃ。続けていると、仏罰があたるぞ」

僧侶は、橋の上からふみを見下ろしていた。

お前に、お前らに、何がわかるのか——ふみは身体の奥から、怒りが熱を持ってこみあげてきたのを、自覚した。

ふみは、とっさに着物の裾をまくって、下腹部を露《あら》わにする。

僧侶が、目を見張ったのがわかった。

「あんた、うちの客にならんか。本当は女が欲しくて、ついてきたんやろ」

ふみは両脚を開いて、割れ目を覆う毛が繁る自分の秘部を、見せつけるように、腰をぐいっと前に出す。

「ほしいんやろ——おいで」

僧侶は目を伏せたが、耳が真っ赤に染まっているのを、ふみは見た。

「女を買う金など、ないんやろ。そやから、安ぅしたるで」

ふみは笑顔で、僧侶に股間を晒《さら》し続ける。

「……仏罰があたるぞ」

僧侶は逃げるようにして足早に、橋の向こう岸に向かって立ち去っていく。

罰など、あたるものか——。

ふと、猿顔の男のことを思い出した。

延暦寺《えんりゃくじ》は焼き討ちされたが、あの男の大将である信長公は、仏罰があたるどころか、天下取りの駒《こま》を順調にすすめていると聞く。そして秀吉は、羽柴《はしば》という姓に改め、今や信長公の立派な懐刀《ふところがたな》であるとも客が話していた。

あれだけ人を殺し、寺を焼いた者たちも、罰などあたらぬのだ。

私のように多くの男と寝て生きてきただけの者に、何の罪があるだろうか。

地獄になど、堕ちるものか——。

下半身を露わにしたまま、僧侶の後ろ姿を眺めていたふみは、笑いがこみあげるのを止めることができなかった。

朧《おぼろ》の清水

青々とした畑が山裾《やますそ》に広がっていた。鮮やかな緑が陽の光に照らされ、輝きを発している。

輿《こし》を降りた瞬間に、思わず大きく息を吸い込んだほど、空気が澄んでいた。

空と、田畑と、道端に咲く花と、ところどころに人が住んでいる小屋が点在しているだけの場所。どこからか鳥が鳴く声が聞こえてきた。

何もない山の奥だと聞いていたし、確かにその通りだけど、人が多く、殺気立っている都より、ずっといい場所ではないか。

「ようこそお越しくださいました」

出迎えてくれた村人たちが、頭を下げた。

「徳子《とくこ》様、着きました」

私が後ろに声をかけると、返事もせず、ごそごそと音がして、ゆっくりと輿から降りる気配がある。

声には出さないけれど、そこにいる村人たちや輿についてきた源氏の小兵《こひょう》たちが、感嘆の声をあげるのを抑えた空気が、広がった。

髪を下ろし、出家した尼の姿ではあるが、鄙《ひな》びたこの地には似つかわしくない女が、そこに立った。

生まれてこの方、日に焼けたことがないかのような、真っ白で艶《つや》やかな肌、薄桃色の頬と、何もつけてはいないのに紅色の唇。整った顔立ちからは、気品がにじみ出ていた。

よく日焼けした村人たちの顔とは、対照的だ。

徳子様は、言葉を発さず、頭を下げただけだったが、その仕草にも、人々は魅入っていた。

気品と美しさに呑《の》まれたのであろう人々の目の中には、同情の色も込められているのだと、私は察していた。

ここは京都の北東、大原の里だ。

私と徳子様は、今日からここで暮らす。

徳子様の運命の流転《るてん》を知らない者は、都にいないだろう。平清盛《たいらのきよもり》公の娘として、高倉《たかくら》帝に嫁ぎ、男児をお産みになった。この世の権力を一身に纏《まと》われた幸福な女人であったはずの徳子様だが、高倉帝が亡《な》くなり、我が子が新たなミカドになるも、父を失い、源氏の台頭により平家一門は都を追われ、徳子様も幼い安徳《あんとく》帝と共に、西国に落ちられた。

そののちのことは、詳しくは知らない。私は都に留まっていたからだ。徳子様のそばには、平家一門の女房だけがついていったが、源氏に追い詰められたとき、共に壇ノ浦に身投げをして、亡くなった者たちもいるという。

もはやこれまでと、徳子様とて海に身を投げられたが、源氏の兵により、助けられた。しかし徳子様の母である二位尼《にいのあま》様、その母の手に抱かれた幼い安徳天皇は、海に沈んでしまった。むずかる安徳天皇を、「波の下にも都はありますぞ」と、なだめながら入水《じゅすい》したという。なんと哀れな話か。罪のない、幼い子どもの命がそのような形で絶たれたとは、考えるだけで胸が痛む。

徳子様は源氏の兵士たちの手により、都に連れ戻された。けれど、平家の生き残りであるゆえに監視を置かれるべき立場にあり、出家させられ、この大原の小さな庵《いおり》に隠遁《いんとん》されることになった。

東山、真葛ヶ原《まくずがはら》の長楽寺《ちょうらくじ》にて、徳子様は髪を下ろされた。もちろん、本人が望んでのことではない。まだ徳子様は、お若い。しかし今や朝敵となった平家一門の女は、生きながらにして女の道を絶たねばならないのだ。

その際に、私が呼ばれた。確かにかつては、徳子様に仕えていたが、二年前、平家一門が都落ちをしてからは、私は出家もして、静かな暮らしをしていた。

徳子様のもとに再び仕えないかと、源氏の者から声がかかったとき、もう若くないからとお役目を一度は固辞したが、徳子様が、よく知っている女房をそばに呼びたいと所望され、大原に来ることになった。どうせ夫も子どももおらぬ気楽な身だからというのも、あるだろう。何より、平家とつながりのある者は、徳子様のそばに置いておくべきではないと遠ざけられていたので、私しかいなかったのだ。

長楽寺にて、徳子様と再会した際は、全くお変わりがないことに少し驚いた。出家され髪は下ろされていたが、艶々とした白い肌、光を宿す切れ長の目、頬がふっくらした面長の顔、少し尖《とが》り気味で紅をささずとも赤い唇の、少女の面影をどこか残したままの若々しく美しい姿のままだった。都を追われ、慣れぬ旅暮らしを続け、ついには西国にて一族の滅亡を目の当《ま》たりにしたはずだ。ずいぶんと苦労をされ、悲しみを背負われて、やつれ果てているだろうと思っていたけれど、徳子様は昔のままだった。

時の権力者の娘として、ミカドの元に嫁いできた、あの頃と同じだ。

若々しく、美しく、そして――中身ががらんどうの人形のようだ。

いつもの様子で、「阿波内侍《あわのないし》。また、世話になります」と、言われただけだったので、拍子抜けした。

それが夏の盛りだった。徳子様と私は、寂光院《じゃっこういん》という寺の小さな庵で暮らしている。都から来たのは私だけで、あとは大原で生まれ育った若い女たちが、徳子様の身の回りの世話をしていた。

大原は都の北東、近江《おうみ》との境にある山里で、村人たちは畑仕事のかたわら、山の木々を都で売って暮らしている。

最初にこの地に降りたときに、空気が澄んで、空が広く、山並みは美しく、都育ちで都から出たことのない私にとってむしろ過ごしやすい場所に違いないという印象を受けたが、それは半年ばかり住んでも、変わらなかった。

水も野菜も美味で、地元の娘たちが作ってくれる食事も、おいしい。畑があるせいか、都にいるよりも、食事の品数も多く、豊かな味を楽しめる。

少し散歩するだけでも、道端に緑の草木や花が色とりどりに咲き、目を楽しませてくれる。
都よりも涼しく過ごすことができ、そのおかげか、老いて動くのも億劫《おっくう》になってい
たはずの身体《からだ》が、以前より若返った気もしている。掃除などで、積極的に動いている
からかもしれない。村の娘たちには、自分たちがするからと気を使われもしたが、じ
っとしていたら老いが早まるだけだと、朝から晩まで動き回っている。いずれは畑仕
事もしたいと思っている。自ら野菜をはぐくみ、それを食してみたい、と。
一応は藤原氏の娘であるはずの自分が、このような暮らしをするなんて、夢にも思
わなかったが、土や水と直《じか》に接することで、生きていることを確かめられる大原の暮
らしは、思っていたのと違い、楽しかった。
夏がゆっくりと終わり、木々が染まるのを眺めて、秋を知った。夏もさることなが
ら、大原の秋は、さらに美しい。寂光院の庭や参道の紅葉が鮮やかに染まり、眺める
たびに感嘆する。
都にいるときも、紅葉はもちろん目にしたことがあったが、寂光院の、落ちた紅葉
が地面を染めた庭にひとり佇《たたず》むと、まるで極楽浄土のようだと涙がこぼれそうになっ
た。
秋が終わるのを惜しんでいるうちに、雪が降った。老体には寒さがこたえると構え

ていたけれど、都のように芯《しん》から冷える寒さではなかった。庭には椿《つばき》が咲き、千両、万両の愛《いと》おしくなるほど小さな赤い実にも雪がかかり、朝起きて庭を眺めると、太陽の光に照らされた雪の白さが目に痛い。このように四季を眺める暮らしは、居心地がよかった。

もしかしたら、この大原の地が自分の終《つい》の棲家《すみか》になるやもしれないとは思ったが、それでもいい。親も死んだし、子もいないこの身は、都に未練など、なかった。

一方で、徳子様は、大原の四季にも心を動かされる様子は見られなかった。

「椿の花が咲いております」「雪で庭が染まっております」などと声をかけても、興味無さそうに、日々淡々と過ごしている。

ただ、この静かな土地で暮らしてはいても、常に源氏の監視の目は傍にあった。平家らしき者たちが近づく気配があったら、すぐに伝えるようにと秘《ひそ》かに源氏の者から言われていた。どうやら平家一門の残党が、全国各地に息をひそめ、隙《すき》あらば徳子様に近づいて、再び力を持とうと蠢《うごめ》いている様子だった。

けれど、実のところ、特に不穏な出来事もない。

そうして私は静かな山里で、心地よく過ごしていたはずだった。

なのに、大原に来てから、あの方が夢に現れるようになったのだ。

私が生涯、ただひとりだけ、お慕い申し上げた、あの方が。

言葉を発することはない。

ただ黙って、こちらを悲しそうな表情で見ているだけだ。

あの方が生きているときは、そのような顔を私の前でされたことなど、なかった。

いつも物静かで、心の内を露《あら》わにしないように、ふるまっておられた。

あの方——崇徳《すとく》上皇様が、朝廷に歯向かい乱を起こしたことで、世間は、激しく獰《どう》猛《もう》な方だと勘違いしているようだが、あの方を知る者ならば、それは全く見当違いだとわかっているだろう。恨みのあまり怨霊《おんりょう》になったと口にする者までいて、腹立たしくてならなかった。

あの方は、母である待賢門院《たいけんもんいん》が、鳥羽《とば》帝の祖父である白河《しらかわ》上皇と関係して生まれた子どもで、それゆえに父という立場であるはずの鳥羽帝に「叔父子《おじご》」と疎《うと》まれた。

ミカドになりはしたけれど、早々に退位させられ、あげくの果てには朝廷に不満を持つものたちにまつり上げられ、負けて罪人として讃岐《さぬき》に流され、その地で亡くなった。

あの方は、何も悪くなかった。利用されたにすぎず、そもそも争いごとを好まなかった。父親に疎まれたのも、あの方のせいではないというのに。

いつも、心の内を露わにせぬように自分を戒めておられたあの方を、私は愛おしく思っていた。

とはいえ、遠い昔の話で、恨みも愛おしさも、ふたりで過ごした日々の記憶もだいぶ薄れ、忘れかけていたはずだった。

夢に現れたあの方は、何かおっしゃりたい様子なのに、言葉を発することを禁じられたかのようだ。悲しい色を目にたたえながら、そこに佇んでおられる。

どうして、今さら。

あの方は、自分を忘れるなとでも、伝えたいのだろうか。


大原の朝は、早い。

鳥の鳴き声と共に、目が覚めた頃には、山には茜《あかね》色の靄《もや》がかかっている。里を囲む山並みがなだらかで低いので、空が広く感じられる。徳子様と一蓮托生《いちれんたくしょう》とも言える不自由な身の上であるはずなのに、囚《とら》われから逃れた気分になったのは、この空の広さゆえだ。

私は、夢の余韻を振り払うように起き上がり、身支度をする。まず起きてすることは、寺の堂周りに落ちる枝葉を掃くことだ。それが終われば、本堂の拭《ふ》き掃除で、昼間は庭を整えもしている。

あと一刻《とき》もすれば、徳子様が起き出して、朝の読経《どきょう》をされるであろう。それまでに掃除を済ませなければならない。そのあとが、朝餉《あさげ》だ。毎日、同じことの繰り返しで、きっと死ぬまでそうだろう。

大原は野菜が豊富に採れ、また村人たちが同情なのか、何かしら食べ物を持ってきてくれる。このところは、食べきれぬ野菜を漬物にしていた。ためしに漬物に紫蘇《しそ》を入れてみると、これが村の者たちに喜ばれた。

ただ、徳子様は、漬物がお好きではない。甘やかされてお育ちになられたのだろう、好き嫌いが多い。平家一門が西国に逃げていたときでも、味の濃いものは食べられないのだとおっしゃって、周りは手を焼いたと聞いている。本来は魚がお好きなのも知っているが、出家の身として我慢されているのも。

そのせいか、食が細く、いつも食事を残される。だからこそ、いつまでもほっそりされているのだろう。せっかく、山や畑の恵みが豊かな土地で暮らしているのに、もったいないことだった。

堂内の拭き掃除を終えると、徳子様が入ってこられた。

開いた扉から朝日が差し、徳子様の顔に光があたる。畑になど出たことのない、一日寺に籠《こも》っている徳子様の顔は、白いままだ。

その白さが、畑仕事で日に焼けた大原の村人たちからしたら神々《こうごう》しくも思えるらしい。「徳子様は、菩薩《ぼさつ》だ。後光を放っておられる」と遠くからこちらを拝む者もいる。

私たちが暮らす寂光院は、地蔵菩薩様を本尊とし、元は飛鳥《あすか》時代創建といわれる古い寺だ。建て替えられたとはいえ、本堂は隙間風が吹き、かつては大層豪華であっただろう装飾も剝《は》げ落ちている。

地蔵菩薩様は、親より先に死んだ逆縁の罪の罰として、三途《さんず》の川の賽《さい》の河原で石を積み続ける子どもを救う仏様だと。親より先に死んだ子どもと聞いて、徳子様の子である安徳帝を思い浮かべずにはいられない。

本堂を出ると、か細い声で、読経が聴こえてきた。

身分の高い女の常として、徳子様は声が小さい。読経も、正直、何を読んでいるのか、わからない。徳子様自身も出家をして尼になったものの、経など理解もしていないし、する気もないのだろう。ただ経典に書かれたものを読むだけだ。それに何の意味があるのかとも思うが、夫も子どもも失い、一族が海の藻屑《もくず》となった生き残りの女は、他に何かをすることを、許されない。

幽閉されているから、出歩いてはいけない。そして、身の回りの世話をする者以外とは、口を利《き》くことも禁じられている。自由など、ない。再び平家が力をつけ、源氏を滅ぼしでもしない限り、永遠にだ。

徳子様は、まだ若く、女の盛りだ。老いて白髪となり、皺《しわ》だらけで、あとは死ぬのを待つだけの私とは、違う。もしもこのようなお立場でなければ、引く手あまたであっただろう。

どうしてあの方が夢に出てくるようになったのかとしばらく考え事をしているうちに、徳子様の読経の声も途切れていた。

おそらく、またうとうとされているに違いない。

庵に戻ると、朝餉ができていたので、本堂に徳子様を呼びにいった。

読経が聞こえないのを確かめ、「徳子様、朝餉でございます」と声をかけると、眠そうな声で、「はい」と返事があり、ぼんやりした顔を隠さずに出てこられた。

「御休みになっていないのでございますか」

と、問うと、「そうでもないわ」と、曖昧《あいまい》な返事が返ってきた。

朝餉をまたほとんど残し、庵の奥の部屋に入っていく。読経も終え、出かけることもできず、ただぼんやりと過ごすしかないのだ。

仏の道に入ったのだからと、仏の道を学ぶための書物を読むことを以前薦めたが、徳子様はそもそも字を読むのが好きじゃないのだとおっしゃっていた。読経だとて、本当はしたくないのだろう。

私は、壇ノ浦から戻った徳子様と再会してから、疑問を抱いていた。

徳子様は、本当に悲しんでいるのだろうか。

親より先に亡くなった子を救う地蔵菩薩の前であってさえ、眠りこける、この方は。その心境は、まるでわからなかった。

長楽寺で再会して、今にいたるまで、徳子様の涙も、悲しむ顔も、見たことがない。

闇《やみ》の中に、白装束で、ざんばら髪に髭《ひげ》を伸ばしたまま、目の下は黒く落ちくぼみ、頬がこけ、首筋も細くなっている姿の、あの方がいた。

手の指の爪《つめ》も伸びて、かつて黒々として豊かだった髪の毛は、ほとんど白くなっている。

人相も変わっているけれど、かつて恋い慕った方に間違いない。私にはわかる。

どうしてそんなに悲しい顔をなさっているのでしょう。

私は夢の中で、問いかける。

この世に未練があるのでしょうか……いいえ、あるに決まってはいるけれど、あなたさまがそんな悲しい顔をされると、私の胸が痛みます。

私はもう老婆《ろうば》と呼ばれる年になってしまいました。

あなたの眼に留まり、ご寵愛《ちょうあい》を受けた、あの頃の面影はございません。

でも、亡くなったあなたは、年を取らない。

私は生きている限り、どんどん老いて醜くなっていくというのに。

あなたが私の夢に出てこられるのは、何か私を通じて、伝えたいことがあるのでしょうか。

もしあるのなら、おっしゃってください。

私にできることがあれば——

やはり、今日も夢にあの方が現れた。

私が懇願しても、あの方は口を開かないままだ。

布団《ふとん》から上半身を起こすと、寒さにぶるぶるっと震える。

もどかしさに身もだえして、まだ夜が明けないというのに、目が覚めてしまう。

うっすらと日の光が差し込むのを待って、私は庵の外に出た。まだ周りは寝静まり、人の気配もない。

まだ冬がやっと明けたぐらいで、この都の北東は、冷え冷えとして、山肌には雪が残っている。とはいえ、都の冬のほうが、寒かったような気がしていた。都は骨が震えるほど、寒い。まだ大原の寒さは、肌に留まる程度だ。

少し歩くと、小さな泉があった。以前、里の娘と歩いているときに、「朧《おぼろ》の清水《しみず》」と呼ばれているのだと聞いた。どうしてそのような名がついたのかと聞いても、「昔からそう呼ばれていますが、誰も知らないのです」と、言っていた。

わずかながら、岩の狭間《はざま》から水が湧《わ》きだし、小さな池を作って、周りは紅色の椿の花で囲んである。

ふと、都を思い出した。鮮やかな袿《うちき》を身に着けて、お付きの者もたくさんいた頃の、徳子様を。

思えば、あの頃から、徳子様は、幸せそうではなかった。いつも空虚さを抱えているように見えた。

世の権力をすべて手にした立場だというのに、心の底から笑っておられるのを、見たことがなかった。

私は水に映る自分の姿を見つめる。

そこには白髪の、老いた女がいるだけだ。

「阿波内侍殿、徳子様のお加減はいかがかな」

私と同じぐらいの年齢であるはずなのだが、顔の艶がよく若々しい、僧形の男が、寺の軒先でそう問いかけてきた。徳子様は、本堂で読経をされている。

男は後白河《ごしらかわ》法皇からの使いの者だった。比叡山《ひえいざん》に用事があり、数日を過ごした帰りに、大原に立ち寄ったという。

この男が大原に来るのは、初めてではなく、私も昔から面識があった。

いきなりの来訪だったので、徳子様にお知らせしようかと聞いたけれど、「お勤めの邪魔をしてはならぬから。それに、すぐに立ち去る」と、拒まれたので、軒先で声を潜めながら、立ち話をしていた。

「徳子様は、変わらず、お元気でございます」

「それなら、よかった。院が、気にかけておられてな」

院というのは、後白河法皇だ。出家されて法皇となられても、朝廷で一番力をお持ちであるのは、間違いない。

後白河法皇は、かつて私が愛した方の、父親違いの弟だ。

同じ鳥羽天皇の子として生まれながらも、あの方は父に疎まれ、罪人となって死んだ。あの方の対立勢力が担《かつ》いだのが、後白河院であった。

かつては平家一門、平清盛と組み、その娘である徳子様を、我が子である高倉天皇の中宮にと望んだのは、後白河院と清盛公の利害が一致していたからだ。

けれど、そののち、ますます権力を肥大させ、朝廷を疎《おろそ》かにするようになった清盛公と後白河院の関係は、悪化していった。

清盛公亡き後、後白河院は最初に源氏の木曾義仲《きそよしなか》公と結びつき、東国で力をつけた源氏を利用して、平家を都から追い出された。都落ちした平家は、壇ノ浦で滅びた。

つまりはすべての騒動の裏で糸を引いていたのが、後白河院だ。

徳子様からしたら、舅《しゅうと》ではあるが、平家一門を滅亡させた仇敵《きゅうてき》でもあるはずだ——本来ならば。けれど徳子様は、後白河院について、何か恨み言を口にされるような様子も、一切、無かった。

「院も、徳子様に、申し訳ないことをしたと思っておられるのかもしれん」

使いの男が、つぶやくように、口にした。

「子を亡くし——自分だけは命が助けられたことを、気に病んでおられるのではと、宮中でも徳子様を心配なさっている者はいる」

――ご安心ください。徳子様は、一切、悲しんでいる様子など、ございません。昔と変わらず、退屈そうに過ごされております。

あなたたちが徳子様に同情し崇拝しているのが、どれだけお門違いかを、私だけは存じております。

あの方は、心の中に、何も持たない。

ただ器が美しく、今まで力ある者たちに護《まも》られ、彩《いろど》られた、空っぽの人間。

だからどうか、後白河院も罪悪感など持たずに――徳子様のことなんて、お忘れになられたらよろしいでしょう――。

そう口にしたいのを、私は、ぐっとこらえた。

「大原の冬は冷えるであろう。徳子様が寒がっておられないかと、院は申しておられた」

そんなにも徳子様を気にかけているのか――そう考えると、私の身体の芯に、ぽっと暗い焔《ほのお》が灯されたような感覚があった。

忘れていたけれど、確かに覚えがある、この感覚。

暗い焔は、静かに身体の奥からせりあがって、喉《のど》のところに詰まっている。

悲しい生まれ育ちの結果、罪人となって讃岐の地で命を絶たれた、あの方が最後に送った血で書いた手紙も、後白河院は受け取ることを拒んだと聞いた。どこまで本当か、わからないけれど。異父とはいえ、自身の兄さえ、それだけ冷たく突き放した方なのに、「敵」の一族、自らが滅ぼした一族の娘だけには親身になられるのは——徳子様が、美しい女であるからなのは、間違いない。

高倉帝が若くして亡くなったのち、徳子様を後白河院の後宮に入れる話があったという噂《うわさ》を耳にしたことがある。清盛公がそれを望まれたのだと。清盛公からしたら、もうひとりぐらい、自分の娘に天皇の血を引く子どもをつくらせ、外戚《がいせき》となる可能性を増やしたかったのだろう。

けれどそれは、徳子様が強く拒まれたと、聞いていた。あくまで噂の域を出ない。しかし、もしかしたら、清盛公は、後白河院が息子の中宮である徳子様に、懸想《けそう》をしているのを、察しておられたのではないだろうか。

もともと後白河院は、ご健勝で、精力もみなぎり、若い頃から、多くの恋愛沙汰《ざた》を繰り返してきた方だと誰もが知っている。朝廷に美しいと評判の女が入ると、次々に後白河院のお手付きになるという話もあったぐらいだ。

息子の中宮である徳子様に対しても、一時期は何かと用事を作り、会いに来るというのを繰り返されていた。しかも、わざわざ高倉帝がご不在の際に。隙を見て、恋文のような歌を、戯《たわむ》れに詠《よ》んで徳子様に送られたと聞いたこともある。

それでも一線を越えられなかったのは、さすがに徳子様が清盛公の娘であるから、色恋の遊戯の道具にするのは躊躇《ためら》われたのであろう。

その後、清盛公と後白河院の仲が決定的に断絶され、後白河院が比叡山にお隠れになったこともあり、そんな軽い戯れ話は誰も忘れていたが――。

けれど、もう、後白河院も、若くない。

もっと若ければ、源氏の者に逆らってでも、大原から徳子様を連れ出し還俗《げんぞく》させるぐらいのことはあったかもしれない。

私はほとんど無意識に口を開いた。

「後白河院に、お伝えしたいことがあります。この、阿波内侍から。お手紙をしたためますので、少々お待ちいただけますでしょうか」

その夜も、夢にあの方が現れた。

後白河院の兄であり、遠い讃岐で無念の死を遂げた、かつての私の恋人が。

上皇を亡くし、私は怒り哀《かな》しみ、人を憎み、それにも疲れてしまったのちは、抜け殻となった。ただ淡々と、生きているだけであった。幾人かの男たちに求愛されたけれど、あの方以上に想《おも》うことなどできず、私だけがあの方を忘れて幸せになるわけにはいかないと、他の男を拒んだ。常に罪悪感があった。あの方を救う道はなかったのかとも考えはしたけれど、何もできるわけがなかった。

今日も同じだ。何か言いたげに、あの方は、じっと私を見ている。憐《あわ》れで、悲しくて、目が覚めた。

まだ夜が明けかけた頃だろうか、引き戸をあけると、うっすらと茜色の空が山の向こうに見える。

顔を洗い髪を整え、庵の外に出た。外の空気が吸いたかった。

昼間は私だとて、この大原の里をうろうろ出歩くのは控えていた。源氏の目もあるし、やはり村人は私が徳子様に仕える女房だと知っていて、目につくからだ。

ふらふらと里を歩いていると、足が止まった。

先日、私が水面に顔を映した小さな泉だ——朧の清水のほとりに女が立っている。

徳子様だ。

こんな朝早く、いや、まだ夜といっていい時間に、何をされているのだろうと、声をかけるのを躊躇う。

徳子様はうつむいて、じっと水面を眺めていた。

立ち去るべきかと考えていると、ふと顔をあげた。徳子様がこちらを見て、私に気づいたようだった。

「あら」

「徳子様、どうしてこんな時間に」

「昼間に眠りすぎたせいか、夜なかなか寝付けず、やっと寝入ったけれど、目が覚めてしまって。人のいないときに、少し外に出てみたかったの」

徳子様は、そういって、私の言葉を待たず、再び水面を見つめる。

じっと、食い入るように、見る。

ひんやりと、冬の大原の冷たい空気が纏わりついて、鳥肌が立ち、ぶるぶると震えた。

「徳子様は、夢はご覧にならないのですか」

私はふと、口にした。

「夢？」

「はい。この阿波内侍は、大原に来てから、よく夢を見るのです。かつて愛おしいと思って、もうずいぶん昔に亡くなった人の夢を——。今朝もそのような夢を見て、早く目が覚めてしまいました」

「……私、夢など、見たことがないの。生まれてから、一度も。でも、起きているときに、これは現実なのか夢なのか、なんだかわからなくなることはあるわ。夢でも、愛しい人に会えるなんて、内侍は幸せね」

徳子様は、ゆっくりと、そう言葉を発せられた。

幸せ？　だろうか。

青白く、悲しみをたたえた、かつての恋人が、夢に現れることは。

そこには無念しか、感じない。

私は「失礼します」とだけ告げて、庵に戻り、少し早いとは思ったが、本堂の掃除をはじめる。

いつもの読経の時間よりも少し遅れて、徳子様がやってきた。

本堂に徳子様が籠る。

読経の声が、すぐに途切れた。

そもそも徳子様と夫である高倉帝は愛し合っておられたのか、不思議ではあった。

清盛公が自分の血を引いたミカドをつくるための、政略結婚であることは間違いない。

小督局《こごうのつぼね》の話は、知っている。何度か顔を見かけたことがあった。小さな女だった。少しふっくらしていて、背が低い。顔も幼い、子どものようだ。そんな女が高倉帝のご寵愛を受けたという話を耳にしたときは、意外に感じた。正直、徳子様のほうが、ずっと美しい。

小督局は、宮中で知らぬものがおらぬほど、高倉帝に寵愛され、昼間でも御簾《みす》の中に引き込まれ、周りも呆《あき》れていたという。子どもも先にもうけられていた。

徳子様もご存じであっただろう。なんせ、高倉帝は、徳子様の寝所に全く寄り付かれなくなってしまったのだから。けれど、少なくとも、徳子様は、寂しさや悔しさなどは表に出さず、いつもどおり、ゆったりと退屈そうに暮らしておられた。

しかし父の清盛公は、お許しにならなかった。怒りを買った小督局は、高倉帝と引き離された。

高倉帝は大変嘆き哀しまれたと噂になった。そして、小督局が宮中からいなくなっても、高倉帝は徳子様の寝所に戻られることはなかったのだ。

愛する者との仲を引き裂いた、ミカドよりも権力を持った男の娘など、忌々《いまいま》しいだけであっただろう。もっとも徳子様が、それをどこまでわかっておられたのかは、うかがい知れぬことだ。

安徳帝がお生まれになったのは、清盛公が高倉帝に圧力をかけられたからだ。決して、徳子様と愛し合っておられたからではない。しぶしぶ、清盛公に従われただけだ。

そのことを考えると、徳子様が憐れにも思えた。自分などは、確かにひとりの男と深く睦《むつ》み合い、愛を交わした事実がある。けれど、この高貴な生まれの美しい人の夫は、他の女を愛していたのだ。

高倉帝が亡くなったときも、徳子様にそう悲しんでいる様子は、なかった。高倉帝がもしもう少し、長生きされていたら、徳子様との仲も変わっていただろうか。

それからはすぐに父である清盛公が亡くなり、源氏が力をつけ、流転の日々が徳子様を襲った。

落ちて転がるようなさだめを生きてきた徳子様。

なのに、大原という山里で過ごす徳子様は、憐れみなど纏っておらず、優雅なままだ。

自分をこのような目に遭わせた、後白河院への恨みも、ないのだろうか。

また、闇の中、夢にあの方が訪れた。

何か言いたげに、口を開いている。
言葉が、聞き取れない。私の耳が聞こえないのであろうか。
あの方は、必死に叫んでいるのに。
けれどあの方の、唇の動きは、わかる。
う・ら・む
そう、動いている。
誰を？
いいえ、知っている。
あなたが誰を恨んでいるか、私は、本当は十分に承知している。
でも、私はどうしたら許されるのか——そこでまた、目が覚めた。
こんな夢を毎日のように見るなんて、内心は不安でしょうがないのかもしれない。
布団を出て、まだ夜も明けないうちに、庵を出た。
冷たい空気を浴びたかった。頭を冷やしたかった。
朧の清水の前で、立ち止まり、顔を映す。
いつのまにかあの方のように、目の下は暗く落ちくぼみ、頬がこけていた。

「阿波内侍どの。お話があります」

源氏の使いの者が、庵を訪ねてきたのは、それからまもない頃、三月の終わりであった。大原はまだ春の気配が遠く、寒さが残る日々が続いていた。

「何ぞ、御用でありましょうか」

「院が、近々建礼門院《けんれいもんいん》様にお会いしたいと申されています」

「院……後白河様が」

私は笑い出しそうになるのを、堪《こら》えた。

院が私の手紙を読んでくださったのだ！　この阿波内侍のことを覚えていてくださったのだという喜びがこみ上げてきた。

「院は、建礼門院様が山里で、さぞ寂しい暮らしをされているのだろうと、居ても立ってもいられなくなったとおっしゃっておられます。あくまで、お忍びということですが」

「承知しました。徳子様に、伝えておきます」

私がそう答えると、使いの兵士は深く頭を下げた。

夕餉のときに、院が大原に来られるそうですと、徳子様に告げる。

「院が？　何をしに、こんな山奥まで」

「徳子様が心配なのでしょう」

「そうなのね」

徳子様は、やはりいつもの通り、関心無さそうに、そこで話をやめて、大きなあくびをした。

――遠山にかゝる白雲は、散りにし花のかたみなり。青葉に見ゆる梢《こずえ》には、春の名残ぞ惜しまるゝ。比《ころ》は卯月《うづき》廿日《はつか》余《あまり》の事なれば、夏草のしげみが末を分けいらせ給ふに、はじめたる御幸なれば、御覧じなれたるかたもなし。人跡たえたる程もおぼしめし知られて哀れなり。西の山のふもとに一宇の御堂あり。即寂光院是也。ふるう作りなせる前水《せんすい》、木立、よしあるさまの所なり。「甍《いらか》やぶれては、霧不断の香をたき、枢《とぼそ》おちては月常住の灯《ともしび》をかゝぐ」とも、かやうの所をや申すべき――

後世に語られた後白河法皇と建礼門院徳子様の大原での再会は、そのような美しい言葉で綴《つづ》られて、語りを聴いた人たちの涙を誘うという。

しかし、実際には院の来訪は、突然のものではなかった。すべて私が画策したことなのだから。

桜が満開だった。もう明日になれば、風が吹けば、散ってしまうであろう、桜が。桜は芽吹いて花を咲かせ、精一杯に花びらを広げ、なんとか踏みとどまっているように思えた。後世に残る、宿命的な再会を彩るように。

大原に来て、初めての春だ。このあと、何度この春を迎えられるかはわからないが、生まれてこの方、ここまで美しい春は見たことがなかった。

鮮やかな緑の畑の縁を彩るように、桜の木が並んでいる。山肌にも、ちらほらと、少し濃いめの紅の花が見てとれる。

ようやく冬の冷たい寒さの気配も消え、空気が澄み、野の花や木の匂《にお》いが鼻腔《びこう》をくすぐる。

そんな美しい春が終わろうとしている頃、後白河院が大原を訪れた。

お忍びであるから、従者は数人しかいない。本当に、ひっそりとだ。

輿からゆっくりと降りた院を見て、私は「老いた」と思った。

顔の皺は深くなり、生気を失った肌も黒ずんでいる。瞼《まぶた》が垂れさがり、顎《あご》の皮膚も伸びて、もうすっかり老人であった。

それなりの年月が経っているのだから、老いるのは当たり前だが、かつて宮中の女たちを魅了した艶々とした肌で精力的な、男ぶりのいい姿を知っているせいか、輿から降りてきた老僧が本当に後白河院であるのか疑い、私は目を凝らしてしまった。

私は院の前で、「ようこそお越しくださいました」と、深く頭を下げた。

院は私をちらりと見て、首を傾《かし》げるだけで、従者たちと共に寂光院の本堂に向かう。

ときおりよろけているのは、脚が悪いのだろうか。

徳子様は、本堂の前で院を待ち受けられていた。

その姿を目の当たりにした瞬間、院が、「おう、お元気そうで」と、感嘆の声をあげ、晴れやかな表情を見せた。

「噂では、悲しみにくれおやつれになったと聞いておったが、変わらぬようで、何よりじゃ」

と、院が嬉《うれ》しそうに口にする。

「大原の地に、癒《いや》されております」

徳子様はにこりと笑って、本堂に院を招かれた。ふたりで水入らずで話したいからと、院は人払いをされて、おふたりで籠られる。

私はその間、庵のほうで従者たちと共に、ただ待っているだけだった。ふたりきりで、何を話しているのか。

半刻ほど経った頃、院が従者を呼ぶ声が聞こえ、私は従者たちと共に本堂に向かう。

既に、徳子様と院は、開け放たれた本堂の扉の前に、立っておられた。

院が上機嫌であるのは、見てとれる。口角はあがり、頬は上気し、ここに来たときとは、顔の色が違い、赤みがかっていた。

「阿波内侍」

院が、私のそばに近づく。

「徳子様が元気そうで、何よりじゃ。お前がかいがいしく世話をしてくれているから、ありがたいとおっしゃっていた。わしからも礼を申す」

思いがけぬ言葉だったが、私はただ「もったいないお言葉、ありがとうございます」と、頭を下げる。

「それにしても、最初は、お前のことが、わからなんだ。お互い、年を取って老《ふ》け込んだものよ」

院は、そう口にした。

このところ、ずっと喉に詰まっていた黒い塊が、口元まで湧き上がってくる感触があった。

私の方こそ、昔の面影など、失ってしまったのだ。

「内侍、わしはずっと徳子様のことが気になっておった。ただ、この大原の地は遠いし、源氏の目もある。それを、お前が、『徳子様を、励ましにいらしてください』と便りをよこしてくれたおかげで、決断できた。わしも年で、もういつまでこうして歩けるのかも、わからない。生きているうちに、徳子様にお会いできたのは、お前のおかげじゃ」

私は頭を下げ続けた。

「内侍、徳子様を頼むぞ。お前のことを、頼りにされている。わしとて、お前がいるから安心もできる」

私は、徳子様に頼りにされているだなんて、感じたことはないと、言いたい気持ちを堪えた。ただ昔を知る、便利な老女房だとしか思われていないはずだ。

「わしも年だ。これで会うのは、最後になろう。重ね重ねいうが、徳子様を頼む――あの方は、憐れな女人だ。いや、そう思っていたが、会ってみると昔と変わらぬ姿で、安心したわ。わしも気が晴れた」

院は声をひそめてそう言ってから、従者たちを呼び、わずかばかりの滞在で、都に戻っていった。

後白河院はお忘れなのであろうか。

院からしたら、私などは、閨《ねや》を共にした多くの女のうちの、ただのひとりに過ぎない。

「お前は、私を裏切った。お前を、恨んでいる」

院が大原を訪れた夜、案の定なかなか寝付けず、やっと睡魔が訪れたと思ったら、あの方が、初めて言葉を発した。

あの方は、父である鳥羽帝の実の息子である院に、どのような想いを抱いておられただろうか。

それをわかっていながら、私は若く力強く、熱のたぎった院に言い寄られ、身体を許した。

怖かったのだ。あの方とは深い愛情で結びついていて、出口の無さに息苦しくなることがあった。だから、誘いに乗り、息継ぎがしたかったのだ。その程度の、軽い気持ちだった。私を深く寵愛するあの方の想いが、重すぎもした。生まれ育ちゆえか、暗い影を常に漂わせたあの方は、まるで私を母のように慕われ、「一生、離れないでくれ」と何度も懇願し、ときには目に涙を浮かべられた。あの方が背負っている苦しみが、私にものしかかってきそうだった。だから一瞬だけでも、逃げ場が欲しかった。

院だとて、「兄」の寵愛する女だからという意地の悪い好奇心しかなかったであろう。それを察していながら、私は身を任せた。一番、寝てはいけない相手だったはずなのに。

誰が教えたのだろうか、院自身か。それとも私があの方に寵愛されていたのを快く思わない他の女房か。

あの方の耳に、私が弟である院と夜を共にしたことが、すぐに入ってしまった。

普段から物静かで穏やかであったあの方は、激しく怒りをぶつけることもなく、ただ悲しみの表情を浮かべ、もう二度と、私を閨に呼ばないとだけ言い放った。

あのときの、悲しい顔だけは、忘れられない。

あの方――崇徳上皇が、恨んでいるのは、自分を遠ざけた「父」でも、引きずり下ろした「弟」でも、利用した者たちでもなく、私だ。

あの方を愛したはずの女の裏切りを、ずっと恨んでいたのだ。

死んでからも、なお、許せないと。

だから忘れるなと言わんばかりに、私から、離れない。

あの方が、私の腕に手を伸ばす。

「どうしてお前は、私のあとを追わなかったのだ」と。

もちろんそれを考えないわけではなかった。けれど、生きながらえてしまった。

あの方の腕が伸びて、私の首を絞める。

目が覚めた。

自分の首に手を当てて、生きていることを確かめる。

わかっている。死んでいる者は、生きている者に手を下すことは、できない。あの方が、どれだけ私を恨んでも、死に至らしめることなどできない。

夢の中で、あの方は、私の首に手をかけたけれど、すぐに離された。

そして憐れみの眼差《まなざ》しを私に向けられ、消えた。

そう、憐れなのは、生涯ただひとり愛し愛された人を裏切って失った、この私だ。

だからこそ、徳子様を憐れもうとしていた。自分より不幸であって欲しかった。

院を呼んだのも、徳子様を憐れな女だと嘆き、落ちぶれた姿を見て、いっそ見限って欲しかったからだ。けれど、院は徳子様を崇《あが》めるようにして帰っていった。

私は立ち上がり、外に出る。

まだ、月が出ていたけれど、薄《うっす》らと外は明るい。

四月に入り、寒さは薄れ、木々は芽吹き、道端の花が咲き、春は確かに訪れていた。

村を歩くと、道沿いの朧の清水の際《きわ》に、徳子様が立っていた。

予感はしていた。徳子様も、院が訪れたその夜は、深く眠れなかったのだろう。

ふと、水面を見つめる徳子様の口角があがる。その表情は笑っているようにしか見えなかった。

私は、音がしないように近づくが、徳子様が顔をあげ、目が合ってしまう。

「徳子様、こんな明け方に、身体が冷えてしまいます」

「――身を投げるには、ここは浅すぎる」

徳子様はそう口にしたが、顔はやはり笑みを湛《たた》えているように見える。

けれど、その瞳《ひとみ》の中に、光はない。

虚無の闇が、浮かんでいるだけだ。

「ここで水面に顔を映して、思い出しているの。あの、皆が沈んだ海を。身を投げた瞬間、あのとき、死んでいたらって、何度も考えたし、死んだほうがよかった。こうして生き残っていても、なんの意味もない」

そこで言葉を止めて、徳子様は再び水面を見つめた。

朧の清水を見つめる徳子様に、昨日まで咲き誇っていたはずの桜の花びらが、はらりと、かかる。

私は一歩前に踏み出し、清水を見下ろした。

そこに映っているのは、徳子様でも、私でもない、別の顔だ。その青白い、表情のない顔には、覚えがあった。

私の夢に出てくる、あの方。

「私がこの先、喜びを得ることは生涯ないでしょう。そして絶望することもない。もう、死んでいるようなものですから」

徳子様は、うつむいたまま、そう口にされた。

ただ悲しみ、いや静かな怒りを湛えた人の顔が、水面からじっと私を見つめていた。

この大原という地は、美しい極楽浄土のようだと私は思っていたけれど、流されて生きることとしか許されない私や徳子様のような女にとっては、どこに行っても地獄しかないのだ。

生きても地獄、死んでも地獄。

流転の女人は、清水の水際に立ち尽くしていたが、その姿は、既にこの世の者ではないかのように霞《かす》んでいて、まさに朧のようだった。

愚ぐ

禿とく

女だ、女がいる。
柔らかそうな肌、潤《うる》った唇、紅に染まった肌、漆黒の髪。
ふれてはならぬ、見てはならぬ、女人は志を持つ者の道を阻《はば》む。
女に近づいてはならない、ふれてはならない。
なのに、女がいる。
逃げても避けても目を背けても、女が私の脳裏に焼き付いて離れない。
苦しい、苦しい――。

明け方の悪夢で今日も目が覚める。嫌な夢だ。以前は、ときどき見るぐらいだったのに、最近はほぼ毎日だ。夢は自身の願望だというが、だからこそ、私は自分を責めてしまう。夢には女が出てくる。誰や知らぬ、会ったことのない女だ。縁もゆかりもない女のはずだ。

女は私の目の前に立っている。私は女の前から立ち去ろうとする強い意志を持っているが、身体《からだ》がいうことをきかない。女は笑みを浮かべている。私が何を求めているのか、知っているぞとばかりに、あざ笑うかのような表情をするので、私はそれが悔しくてたまらない。私が幼少の折より仏様に仕え、自己を律して修行を続けてきた日々を、すべて嘲笑《ちょうしょう》する女は、お前が望んでいるのはこれだろうと、着物を脱ぎ始める。女の乳房が、まろびでる。やめろ、やめてくれと、私は叫んでいるつもりなのに、声が出ない。手足も動かず、目を閉じることもできず、裸になろうとする女を見ていることしかできない。すべて脱いだ女は、私を手招きする。従うものか、お前にふれるぐらいならば命を絶つ——と、私は舌を嚙《か》み切ろうとする。

いつもそこで目が覚める。

身体は寝汗に塗《まみ》れ、寝間着は濡《ぬ》れている。胸の鼓動が激しく、はぁはぁと息を吐く。私は声をあげて起きたらしく、隣の間に寝ている小姓が、「恐ろしい夢をご覧になっていたのですか」と心配そうに声をかけてきた。

恐ろしい夢——確かにそうかもしれない。

女が、私を捕えようとしている夢。

私は二十九歳の今まで、女にふれたことがない。私は修行を続け仏の道に仕える者だからだ。女と交わることは「女犯《にょぼん》」といい、仏の道に反した行為だ。絶対にしてはならないことだ。

もっとも、それは建前だという者もいる。

確かに、表向きには僧侶《そうりょ》は女犯を禁じられているが、こっそり遊郭に女を買いに行く者、女を囲っている僧がいることも知っている。またその僧たちは世間では徳が高いと崇《あが》められている。女だけではない。私がかつていた比叡山《ひえいざん》では、女が駄目ならば男でいいじゃないかと、高僧とよばれた者たちが、若い修行僧を寝床に呼ぶことも、当たり前のように行われていた。私だとて、まだ幼い頃に、布団《ふとん》に誰かが入ってきて身体をまさぐられ、必死で抵抗し難を逃れたこともあった。

腐っている。建前だけの仏道を説き、煩悩《ぼんのう》を抑えることもせず、快楽に身を浸す者たちがいる山を、私は降りた。このような場所で修行を続けることなどできぬと思ったからだ。男色の件だけではない。比叡山そのものが権威を持った一部の僧たちによって支配され、彼らに気に入られて出世しようとする者たちばかりで、修行の場とは思えなかった。それでも、なぜ人は生きているのか、この世に生きることは苦行でしかないのに、なぜ生きなければならないのかと、私は問い続けた。世俗と離れひたすら不動明王《ふどうみょうおう》の真言《しんごん》を唱え、伝教大師《でんぎょうだいし》様をはじめとした高僧たちの修行した場で、一筋の光を見つけ、私の問いの答えを探すために、長年、比叡山にいたのだが……。

松若丸《まつわかまる》――子どもの頃の私は、そう呼ばれていた。私の故郷は、京の都の外れ、日野の里だ。父は官吏で母は武家の娘であったが、私は父を幼い頃に失った。かつては花の盛りのように美しく賑《にぎ》やかだった京の都では、戦乱が起き始めていた。権力を手に入れようとする者たちがミカドを蔑《ないがし》ろにし、争いごとが絶えなくなるにつれて、都も荒れた。

私は父のように役人になり、朝廷に仕える気などなかった。かといって武士になりたくもない。力を持つことに興味はない。むしろそこには虚《むな》しさしかないではないか。そう、虚しさ。私は幼い頃から、その感情に支配されてきた。何事も、虚しい。どうして、人は生きているのだ。生きていることは苦行だとしか思えなかった。家の外に出ると、貧しくやせ細った人たちが物乞《ものご》いをしているし、飢えてそのまま死んだ者の遺体が野ざらしにされていた。

ミカドも貴族も武士も、苦しむ者たちを救おうとしない。自分たちだけいい暮らしをし、権力を手に入れるために争いごとを続けている。けれど、そんな彼らも、いつかは死ぬ。考えれば考えるほど、生きることは虚しい。母はそんな私をいつも心配していた。子どもらしくないと、よく言われた。私にはきっと子どもである時期などなかったのだ。無邪気に母に甘える子どもではなかった。

同時に母は懸《け》念《ねん》していた。源氏の血を引く私の身を案じていた。ときは平安末期。保元の乱、平治の乱で力をつけて平家の者たちがミカド以上に力を持ち、戦《いくさ》に敗れた源氏の者たちは都の外に逃げるか、捕まって殺された話を耳にした。母は私が平家に目をつけられはしないかと不安でもあったようだ。だから私が、仏の道に進みたい、出家をしたいと口にしたときに、まだ十にもならぬ息子がと驚きはしたが、どこか安心したらしい。しかし幼く分別もつかない年ごろなのだから、どこの寺にも受け入れてもらえないだろう、どうしたものかと伯父に相談した。

伯父は、あと何年か我慢しろと私に言い聞かせようとしたが、私は頑として今出家したいという意志を変えなかった。伯父もまた、幼い子どもだと思っていた私の強い意志に困惑し、それでは出家を頼みに行こう、しかしそこで断られたら諦《あきら》めるのだぞと言い聞かせ、私を伴い、東山に向かった。

行先は、青蓮院《しょうれんいん》。比叡山延暦寺《えんりゃくじ》よりこの地に学びの場を開いた慈《じ》円大僧正《えんだいそうじょう》という高僧がそこにいた。案の定、まだ若すぎると断られた。数年を経て、それでもし仏の道に仕える意志が変わらぬのならばまた来なさいと、慈円大僧正は穏やかな表情で、けれど強い力を込めた言葉で私に告げた。だが私は譲らなかった。

今、この瞬間、私はどうしようもなく仏の道に仕えたいのだ——その意志を示したかったが、周りの大人たちは「所詮《しょせん》、子どもの言うことだ」と相手にしないであろう。

だから私は、歌に託した。

明日ありと思う心の仇桜《あだざくら》 夜半《よわ》に嵐の吹かぬものかは

明日があると思っていると、その日の夜に嵐が吹いて桜が散ってしまうかもしれない。今しかないのです、今しか——。

慈円大僧正も伯父も、子どもが歌で意志を示したことに驚いたようだった。幼少の折から、私は母に習い歌の心得があったから、これぐらいたやすいものだった。いや、私はしたたかな子どもだったのだ。子どもらしくないことをしたら、大人たちの心を動かせるだろうと、わかっていた。泣いて叫んで懇願するよりも、歌を詠《よ》んだほうがよい。私は年のわりに成熟していたのだ。

そうして私の計算通りに、大人たちは私を受け入れ、慈円大僧正のもとで九歳で出家した。私は範宴《はんえん》という名を授けられた。世俗を何もかも断ち切った私は、それだけでずいぶんと楽になったものだ。人を救うために生きると決めて、心が清廉《せいれん》になった気がした。

私が出家した年、京の都を支配していた平家の頭領である平清盛公《たいらのきよもり》が死んだ。熱病に冒され、己が死へ追いやった者たちの亡霊を見て苦しんだという噂《うわさ》もあった。因果応報だとしか思えなかった。

剃髪《ていはつ》して修行僧となった私にとって予想外だったのは、その頃の京都の仏教界というものが、ずいぶんと俗にまみれていたことだった。武士や貴族が権力を手にし権威を示し我欲を満たそうとする世の中に辟易《へきえき》し世俗を捨てたはずだったのに、僧侶の世界も同じだった。

そして髪を下ろしたからといって愛欲や煩悩を無くせるものでもなかった。比叡山に登り、それを痛感した。皆、経を学び仏に手を合わせてはいるが、我欲を剝《む》き出しにする者ばかりだ。偉くなることばかりを考えている連中だらけだった。

けれど、私が山を降りたのは、他の僧たちの我欲に嫌悪《けんお》を抱きながらも、実は誰よりも私自身が煩悩を捨てきれずにいたからだ。私は精神的に成熟していたのと同時に、肉体的に早熟でもあり、肉欲を抱えて苦悩していた。出家を志す前から、私の身体の中には煩悩の火が燃えていた。

女が欲しい、女にふれたい、と。

もちろん、その当時は具体的に男女の営みを知っていたわけではない。けれど家にいる侍女たちを見て、体の芯《しん》が熱を帯び、股間《こかん》に疼《うず》きを覚えていた。私はそれがいけないことであることを本能的に知っていて、強い罪悪感を覚えていた。絶対にこのことは口にしてはならぬと知っていた。私は人より、強い欲望を持っている。だからなおさらのこと、世俗を断ち切り、女人にふれず、女人から離れないといけないのだ。一度女人にふれてしまうと、私は地獄に堕《お》ちてしまうだろう。十になる前にそのことを知っていた私は、早く欲望を断ち切るために出家した。

怖かったのだ、女が。女にふれることが、女と交わることが。経験したことがないのに、それがどれだけ断ちがたく、強いものかを知っていた。

私は己の愛欲の煩悩から逃れるために、仏に縋《すが》ろうとした。しかし実際は、出家してはみたものの、欲望を断ち切ったはずの僧侶たちは、禁じられているはずの愛欲にふけっていた。どうしたって逃れられないのかと、私は絶望して比叡山を降りた。二十九歳になっていた。

私が比叡山で修行をしていた二十年間で、世の中は大きく変わっていた。

源氏が政権を得て、鎌倉に幕府が出来た。京の都のミカドや貴族は、源氏の武将たちの配下の者の監視下におかれ、すっかり力を失っていた。

そして京の僧たちは、手のひらを返すように、武士にすり寄っていた。

山を降りた私は、洛中《らくちゅう》の頂法寺《ちょうほうじ》で百日参籠《ひゃくにちさんろう》をはじめた。頂法寺は日本に仏教を広めた聖徳太子《しょうとくたいし》様ゆかりの寺だ。私はかねてより、聖徳太子様を信仰していた。この方がいなければ、延暦寺もなく、私も仏を知ることはなかったのだろう。仏がこの世にいないということは、すなわち救いがないということだ。人が苦しみ次々に死ぬ、愛別《あいべつ》離苦《りく》の世の中に救いを与えるために存在するのが仏様だ。私は人を救うとともに、自分自身も救いを求めて仏様の教えを知るために出家した。

聖徳太子様ゆかりの斑鳩《いかるが》の法隆寺には八角形の夢殿《ゆめどの》という建物があるが、頂法寺の本堂は六角で、六角堂とも呼ばれている。

比叡山を去ったはいいが、私は迷っていた。私はまだ未熟な修行僧に過ぎない。知らなければならないことがまだまだある。師を求めていたが、見つからない。心の師である聖徳太子様に縋ろうとしていた。愚かな私をお導き下さいと願をかけながら、六角堂に籠《こも》ることにした。眠るときと厠《かわや》と食事以外は、籠ってひたすら経を唱えるとの誓いを立てた。

本尊である如意《にょい》輪《りん》観音様の前で一心不乱に経を口にしていたが、一週間ほど経《た》った頃か、夜になり私が眠ろうと堂の外に出ると、入り口に花が置かれてあるのに気づいた。無粋者ゆえに、花の名はわからないが、白色と朱色の花で、月の光に照らされ柔らかな光を放っているようだった。誰かが落としていったのだろうかと、私は花を拾って目の前にかざす。ふいに芳香が鼻腔《びこう》を支配し、力が抜けた。翌日も花が置かれていた。私がここに来たときには無かったものだ。誰かが堂の中で経を唱えている私に、そっと届けてくれているのに気づいた。その翌日からは、竹筒に花が活《い》けられるようになった。

一ヶ月も経つと、今日はどんな花が活けてあるのかと楽しみになるのと同時に、誰がこのようなことをと不可思議にも思うようになった。

女であろうか。男がこのようなことをするとは考えにくい。けれど、女であるのなら、なぜという疑念が湧《わ》く。

堂に籠っても、誰が花を活けているのかということが気になって、気が付けば心ここにあらずの瞬間が生まれ、私は何のために来ているのだと自らを恥じた。心に隙《すき》があるからそのように考えてしまうのだ。これも煩悩だ、修行の妨げだ。誰が花を活けているのか知って煩悩を払わねばと私は考えた。

堂に籠り始めて五十日が経った。私はその夜も、堂の中で経を唱えていたが、静かに耳を澄ませていた。ことり、と小さな音がする。花を活けた竹筒を立てかけた音だ。私は経を唱えながら静かに立ち上がり、足音を潜め、そっと扉を開けた。

暗闇《くらやみ》の中だったが、女の後ろ姿が一瞬だけ見えた。ほんの一瞬で、顔も年もわからぬ。しかし黒々とした髪の毛と伸びた背筋を見る限りは、老婆《ろうば》ではない。やはり女だった——私は堂に戻り、座を組み手を合わすが、さきほどの女のことが気になっていた。息が荒くなり、胸の鼓動が速まる。

私は毎日自瀆《じとく》する。

恥ずべきことを告白しよう。

まだ出家をする前、十にもならぬ頃からだ。両脚のつけ根にある、愚かで厄介な棒が疼き、ふれると堅くなったときの驚きを、今でも覚えている。誰に教わったわけでもなく、私は自らの煩悩の極限である肉の棒を手で上下させると、宙を彷徨《さまよ》うような気持ちになった。何度か手を動かしてしごくと、身体の奥からこみ上げてくるものを抑えようがなくなり、先端から白い液体が噴出した。尿ではない、どろっとした、鼻の奥に刺さるような臭《にお》いの汁が。あのときの私の自責の念はいかほどばかりか。わけもわからず、いけないことを、許されないことをしてしまったのだ、とにかく母に見つかってはならない、地獄に堕ちてしまうと声を忍ばせ泣いた。どうして私はこのようなことをしてしまったのだと自分を責めた。

それでもやめることはできないどころか、毎日ふれることを覚えてしまった。父のいない女手ばかりの我が家では、男の肉の棒から排出される液体が子どもを作る男女の営みにつながることも私は知らされないままだった。何かわからぬうちに、日々欲望に突き動かされていた。そして私の欲を搔《か》き立てるものが女であることも、薄々気づいていた。若い侍女が落ちつきをなくし、早足で厠に駆け込んだり、庭の草をむしるために腰を落とし前かがみになり、尻《しり》を突き出したりする。私は夜ひとりで布団に入るとそんな仕草を脳裏で繰り返し思い出し、気が付けば肉の棒に手をやっている。

女だ、女と離れなければならない。女のいないところに行けば、私はこの苦しみから解放される。聡明《そうめい》な私は知っていた。頭の中で想《おも》うだけならいいけれど、実際に女にふれてしまえば、そこにはもう逃れられない地獄が待っているだけだと。その行為を具体的に知らないくせに、私は人を堕とす快楽の存在に気づいていた。

どうにかして逃れなければならないと、出家し世俗を離れはしたが、出家した先でこっそりと女を買いに行く僧たちの声を潜めた会話で、私はその行為がどのようなものであるか知りつつあった。

男ばかりの寺での暮らしの中で、欲望が断ち切れると考えていたのは甘かったのだ。女と交わること――女犯は禁じられていた。たとえそれが建前であっても。けれど、禁じられているからこそ、欲望は肥大する。私自身が成長し、子どもではなくなるにつれ、女を求める気持ちはそれを知らないからこそ高まり、どうしようもなくなった。私は厠でこっそり自瀆することをやめられなかった。そのような行為をしているのは私だけではなかった。厠からの帰りが遅いと咎《とが》められるので、早急に済ませねばならないのだが、それでもなかなか厠から戻ってこない僧や、早朝にバツが悪そうに下穿《したば》きを替えている僧を何度も見た。仕方がないことだと、暗黙の了解ではあった。自瀆せずにいられないのは私だけではないという安心感と同時に、修行をしても誰も煩悩など捨てられないのだと思い知った。

食を断つのも、眠るのを我慢することもできる、けれど身体の疼きだけは止められぬ。白いものを出しても出しても、再び身体は熱を帯び、たやすく堅くなる。いつまで私はこうなのだ、修行が足りぬせいかと絶望した。

いっそ刃物で切ってやろうかと思ったこともある。海の向こうの国には、後宮に仕えるために局部を断ちきった宦官《かんがん》と呼ばれる男たちがいると聞いていた。そうなれば楽になれるのだろうか。けれど私にはその勇気はなかった。

私を苦しめるもの、苛《さいな》むもの、それは女という存在だ。山を降りてからも、私の欲望は消えることはなかった。ときには夜中に欲望に支配され身もだえして眠れなくなることもある。自瀆しても消えることなく、私の心身を支配するそれらを私は憎んだ。

そして私はある時気がついた。九歳で出家し、女を遠ざけた暮らしをしている私の欲望を掻き立てるのは、観音像だ。観音様は男でも女でもないが、柔らかな身体の線と穏やかな表情はどうしても女を連想させる。誰にも告白できないが、私は観音像に欲情することもあった。私の夢の中に、ときどき観音様が女の姿に身を変えて現れる。目が覚めるときまって精を放っていた。いっそ僧衣を脱ぎ、すべてをなげうって世俗に戻り女を抱いてしまえと考えたことだってある。けれどやはりそれもできずにいた。

こうして一生、苦しまなければいけないのだろうか。

私は堂の前に花を活ける女の後ろ姿を見て、動揺せずにはいられなかった。

なぜあの女は、私を惑わすように、現れたのか。

女の姿が消えて、私は女が活けた花を竹筒ごと持ち上げ、匂《にお》いを嗅《か》いだ。無意識に大きく吸い込んだようで、むせかえってしまった。

いけない——。

お釈迦《しゃか》様は我が子にラーフラと名付けたという。一国の王子の定めとして妻を娶《めと》ったが、出家の志を捨てきれぬシッダルタ王子――のちのお釈迦様は、妻が子をはらんだと聞き、その子は我が修行の妨げになると、障害《ラーフラ》と名付けたのだと。

その話を知ったときは、驚愕《きょうがく》した。家族は修行者の妨げになるが、さらに我が子にそのような名をつけるだなんて、人でなしではないか、と。けれど今ならわかる。やはりそれはラーフラなのだ。仏道の修行において、家族は妨げにしかならぬ。この世の生きとし生けるものすべてを平等に救おうとするのが仏の道だ。しかし家族ができてしまえば、優先して守ろうとしてしまう。それはすなわち、不公平であり、不平等だ。家族ができれば、家族を攻撃してくる人間を恨みもするだろう。修行者は孤独でなければならぬ。だから女犯を禁じられている。肌にふれ情が湧いてしまえば、修行どころではなくなると、皆、知っている。

この花を置いた女は、何者だろうか。どうして花を活けるのだ。一介の修行僧を惑わして何をしようというのか。やはり山から降りたのは間違いだったのか。私は女が残した花の香りを嗅ぎながら考えていた。とくにこの頂法寺は、都のへそと呼ばれる真ん中にあり、昼間は人通りも多い。人が多いということは、すなわち世俗だ。私は世俗に身を置き過ぎてしまったのだろうか。いいやと、私はかぶりを振る。あのまま比叡山にいたら、私は堕落していたに違いない。年月を経て、偉くなったつもりになり、地位を得て、ときおり山を降りて女を囲い、仏様に手を合わせても心はここにあらずの口先だけの高僧に。そんな堕落した者たちの姿を多く見たから、私は山を降りたのではないか。

そうだ、これは修行だ。私は試されているのだ。あの女は、お釈迦様、あるいは聖徳太子様が遣わした者かもしれない。私が真の修行者かどうか、試されているのに違いない。私が女に惑わされれば、そこで見放されてしまう。しかしつまりは私は試されるほどに、選ばれた人間であると考えることもできる。

だから私にできることは、ひたすら本尊に手を合わせ経を唱えることだけだ。あの女は、きっとこれからも毎晩、ここに訪れるだろう。私が扉を開け、観音様に背を向け、自身にふれることを期待しながら、花を活けにくる。女は私を誘惑しているのだ。そのために芳香を放つ、女の香りを思わせる花を活ける。

比叡山にいるときに、ある僧が、百合《ゆり》の花を手に、「おい、お前ら、これを見ろ」と、私たち修行僧に向けた。私はあのとき、百合の花の匂いというものがこれほどにも強いものかと知った。甘くはない、苦味すら感じる、けれど吸い込まずにはいられないほどに香《かぐわ》しい。

「似ている、そっくりだ」

僧はそう口にして、にやにやと笑った。この僧は、山を降りる用事を申し付けられるたびに金で女を買える場所に行くのだと聞いたことがあった。ときどき下品な冗談を口にする男であり、私は内心軽蔑《けいべつ》していた。

「お前らは見たことないだろう。女の股《また》の間についているものと、よく似ている」

僧は教えてやろうとばかりに、花にふれた。僧の指先が、黄色く染まった。花粉だ。

「女には男のものをいれる穴がある。その穴の両脇《わき》には、襞《ひだ》がある。そこを指でふれてやると、女は悦《よろこ》ぶのだ。女を悦ばせると、穴から指にまとわりつく汁が出てくる。その汁の量が多いほど、男のものが入りやすい。だからじゅうぶんに、悦ばせてやる。そして襞の先端にある、ここ——」

僧は、百合の軸の先端に触れた。

「女はこれを可愛《かわい》がってやると、身もだえする」

僧は酔ったような目をして、口元を緩ませた。

「すべての女には、同じものがついている。覚えておけ。百合の花は特にわかりやすいが、女はだいたい花と同じだ」

そう言ったあと、百合の花を私に手渡して、僧はどこかに去っていった。私は百合の花を手にしたまま、いらぬことを教えた僧を憎んだ。誰もいないところで、私は百合の花を握りつぶして、捨てた。百合の匂いは、洗ってもとれず、しばらく私の指にこびりついた。私はその指で、厠で自らの肉の棒に触れずにいられなかった。そうして急ぎ精を放ったあと、悔しさに泣いた。

女は花だ。女には花と同じものがついている。だからなのか、修行中の私に、花が活けられているのは。女という存在を焼きつけようとしているのに違いない。

女はそのために、毎晩訪れている。花を活けるあの女は、私という男を、自らの肉体の魔力でひれ伏させようとしている。

百日目まで、私は耐えられるだろうか、自分を律することができるだろうか。これこそが修行だと、私は胸を高鳴らせる。耐えてみせる、そして私が己の欲望に打ち勝ったときにこそ、仏は救いの手を差し伸べてくださるのだ。

ラーフラを、払いのけるのだ。

六角堂から戻り、私は眠りにつこうと床に入った。明日も、あの女は来るだろうか。私は正面からあの女の顔をしっかり見たい衝動にかられていた。私を惑わし、修行を妨げようとするあの女の。女のことを考えると、眠れなかった。私は己の欲望と闘うと決めたばかりなのに、股間のものが堅くなっているのに気づいていた。私は己の欲望の棒に手を伸ばし、ふれる。屹立《きつりつ》を確かめる。私は毎晩、自瀆する。そうしないと、寝ている間に射精をしてしまい、布団や寝間着を汚すことがあるからだ。他の男たちも、このように毎晩、するのだろうか。女と暮らしている男は、毎晩、女を抱いているのだろうか。

欲望を抱いて生きるのは苦しいけれど、人は欲望によって生かされているとも思う。権力者たちを突き動かすのは、欲望だ。彼らは力により権力を握り、美しい女たちを傍に侍《はべ》らしていると聞く。そんな生き方に私も焦《こ》がれてしまいそうになることがある。どうせこのように欲を持て余しているのなら、私も武士になり、権力を手に入れ、思う存分、女を抱けばよかったのではないか。

ひたすら自瀆を繰り返す虚しさに襲われるよりは、欲望に従う生き方を選ぶべきだったのではないかと考え、そのたびに私は恥じる。仏の道に仕えて人を救うのだと決めたのだ。迷うべきではない。

それでも自瀆だけはやめられない。寝間着を汚さないためだと自分に言い聞かせ、私は肉の棒を握り、動かす。どうしても、あの女が浮かんでしまう。堂に花を活けにくる女。一瞬だけしか見えなかったが、豊かな黒髪で、首筋が白かった。そして観音様と重なるのだ。女の顔を知らないがゆえだ。しかしそれでは観音様に申し訳がたたない。女の顔を見てみたい。見たら、この欲望も消えるかもしれない。美しくない、ただの女だったら、それで終わりだ。

私は女のことを知るべきだと思った。まだ見ぬ顔の女のことを考えながら自瀆して眠り、朝方、厠に行って戻ろうとすると、住職が掃き掃除をしていた。昨日、私が籠っていた堂の前に活けられた花が、まだある。

「おはようございます」

住職が私に気づき、挨拶《あいさつ》してきた。

「聞きたいことがあるのだが」

「ほう、なんでも、私にわかることであれば」

「このところ、夜になると、あのように堂の前に竹筒に活けた花が置かれてあるのだが……あれは誰が持ってきているのか、知らぬか」

住職は少し考えるそぶりを見せた。

「おみち、かもしれませぬ」

そう口にした。

「おみち……」

「こちらの寺には聖徳太子様が小野妹子《おののいもこ》に花を供えさせたという言い伝えがありましてな、花は欠かさぬようにしております」

本堂の中の如意輪観音様の前にも、常に花が活けられている。

「花を商いにしている店があります。もともとは仏具の店でしたが、都は寺が多いので商売敵も増えたと、花を売ることを始めたのです。花なぞ、どこにでも咲いていますから、商売にはならぬと言っている者も最初は多かったのですが、出歩けぬ年寄りの住職の寺など、助かっているそうです。この寺は、さきほど申した通り、聖徳太子様の話もありますから、花は絶やさぬようにしておりましてな。その店からうちに花を持ってくる娘が、おみちという名で」

「その店の女なのか」

「はい。ただ主人夫婦の子どもではなく、ただの小間使いです。無口ですが、働き者だと聞いております。なんでも山のほうの小さな寂れた寺に捨てられていた子だということで、信仰心が篤《あつ》く、花を持ってくるたびに堂の外からではありますが、如意輪観音様に手を合わせております」

おみち——私は心の中だけで、その名を繰り返す。

「幾つぐらいの女人なのか」

「まだ十五、六であったと思います。おそらく、お堂の前を通ると、ありがたい経が聞こえ、修行をされている様子があるので、花を供えているのではないでしょうか」

「そうか」

「もし、ご迷惑ならば、こちらからおみちに言ってきかせますが」

「いや、何も言わずともよい。私が聞いたことも、内密にしてくれぬか」

「かしこまりました」

おみち——私はその名を、頭の中で再び繰り返した。

本当は、もっと詳しく、どのような女か聞きたかったが、興味があることを知られて不審に思われてはならぬと、必死で留めた。

おみちの姿は、私自身が確かめるしかない。

百日参籠をはじめてから、七十日が過ぎていた。私はその日も、経を唱えていた。

如意輪観音様の前で手を合わせていた私の脳裏には、まだ見ぬおみちという女のことしかなかった。こんな堕落しかけた私をきっと仏様は見抜いているだろう。だからこそ試されているのだ。

私は堂をそっと出て扉を閉め、生垣に潜んだ。夜のとばりが下りてきた。私は門を凝視していた。すると、薄暗くはあるけれど、人影が見えた。花を手にしている。あれがおみちか。しかし残念なことに、今夜は三日月で光が少なく、顔がわからない。ただ輪郭だけはわかる。若い女だ、やはりおみちに違いない。

女は堂の前で、足を止めて、不思議そうに首を傾ける。経が聞こえてこないからだろうか。しばらくそこに立ち止まって、迷っている様子でもあったが、おみちは竹筒に水を入れ花を活け、扉のところに立てかけた。合掌しながら、何やら口を動かしていた。深く礼をし、身体を起こす。そのまま空を仰いだ。そのとき、一瞬だけ、月の光の加減で、おみちの顔が見えた。横顔ではあるが、あどけない顔立ちがわかる。

おみちは堂を背にして、足早に去っていった。私は生垣から出て、おみちを追っていきたい衝動にかられるのを、必死で抑えた。おみちがさきほど花を活けた竹筒を手にし、私は堂の中に戻り、ろうそくの炎の中に佇《たたず》む如意輪観音様の前に腰をおろす。

観音様が、私をじっと見つめていた。おそらくすべて、見透かされている。私の欲望も葛藤《かっとう》も、すべて。おみちのことを知ってから、私がこうして経を唱えながらも、心ここにあらずであったことも、そして今、おみちの顔を見て、私の全身がさらなる熱を帯びていることも。如意輪観音様は、じっと私を見据えていらっしゃる。私の罪を咎めて、罰を与えようとなさっているのかもしれない。

「お許しください、愚かな私を——」

私はそう口にしながら頭を深く下げる。

女のことで頭がいっぱいだった。女のことしか考えていなかった。そんな私のすべてを、お見通しだ。いや、それだけではない。おみちという、花を使い私を誘惑しに毎晩やってくる女に、まんまと欲情して、自瀆する私のことも、ご存じだ。そして今、おみちという女の姿を目の当《ま》たりにして、仏様の前で、肉の棒を堅くさせてしまっている私も——。

私は今にも精を放ってしまいそうだった。おみちの横顔、あどけない顔と不似合いな、着物を盛り上げる膨らんだ胸、早足で帰る際に、裾《すそ》から一瞬だけ見えた白いふくらはぎ、花を竹筒に入れた指先——私は欲情していた。身体が熱を帯びていて、いっそ焔《ほのお》に焼き尽くされてしまいたいと思うほどだった。

女を抱きたい——そう口にしてしまえば、私は終わる。今まで修行で築き上げてきたものを、すべて失う。そして私は知っている。いざ女を抱いても、そこで満たされることはない。次から次へと私はまた女を求めてしまう。それは地獄の餓鬼の所業だ。

私はおそらく、人より強い欲望を持っている。幼い頃から、それを自覚していたからこそ、出家を急いだ。髪を下ろして修行をすれば、この欲望は消えうせることを期待していたのだ。不純な動機の出家だと、人に話せば非難されるかもしれないのは承知だが、私は仏様の前では正直に、自分の心をさらけ出している。信じているからだ、救われたいからだ。私は誰よりも仏の道に救われることを信じて、今までやってきた。そしてそんな私の前に、このように女を遣わされ、私は膨れ上がった欲望を抱え煩悶《はんもん》して、苦しい。

「人は苦しみを捨てることなど、できないのでしょうか」

私は観音様の前で両手を合わせて口にするが、仏は答えない。いつも、そうだ。仏様はいつも黙っている。なぜなのか私は知っている。自分を救う言葉を見つけるのは、己自身だということだ。自分を救えぬ者が、他者を救えるわけがないのだと。これは私が乗り越えなければいけない壁だ。それでも目の前の観音様に縋らずにいられない。百日、ここに来ると私は決めている。あの女は、きっと明日も明後日も、訪れるだろう。あの女はもしかしたら、どこかで私を見かけて恋慕の情を抱いているのかもしれない。だから毎晩、訪れるのだ。あの女は、きっと待ち受けている。あの女こそ、私にとってラーフラだ。

あと三十日——耐えられるだろうか。

おみちを見てしまい、その姿を目に焼き付けた私は、朝も昼も夜も、彼女のことを忘れられなくなってしまった。ふと心に隙間ができると、あの着物の下に何があるのかと考えてしまい、その度におみちの面影を振り払うのに必死だった。それでも、考えるな考えるなと唱えるたびに、おみちの姿が離れない。口を吸い、着物をはだけ、その奥にある神秘を考える。「女は花と同じものをつけている」そう口にした僧の言葉を思い出してしまう。

あの夜のあとも、私は欠かさず堂に籠った。おみちも毎日訪れているようだった。私は中にいても、いつおみちが堂の扉を開けて入ってきて、私にふれるのかと恐怖を抱いていた。そうなったら、もう最後だ。

必死に経を唱えていた。とにかく、百日だ。百日籠るという誓いを立てたのだから、百日が終われば私はもうここには訪れない。その日まで耐えるのだと、一心不乱に経を唱えた。

堂から出ていくときの私は殺気すら発していると、夜に厠を使ったときに偶然私を見かけたという寺僧に言われたこともある。それは自分でもわかっていた。最初の頃、ただ訪れて手を合わせ経を唱えていた頃の私と今の私は別人だ。

痩《や》せたと言われた。私自身でもそう思う。皆は私が修行に根をつめすぎたのだと心配もしはじめたが、違うのだ。食べ物が喉《のど》を通らない、胸が苦しい。

私はすでに、如意輪観音様に手を合わすときは、欲望を断つことだけを願って唱えていた。私は己の欲望を恥じるのみの不心得な僧であった。愚かだ、本当に愚かだ。ああ、愚かな私は罪を犯している。頭の中で何度も女犯の罪を犯している。けれど私は信じている。仏はそういう者こそを救ってくださるのだ。信じるしかなかった。そうでなければ私はとっくに逃げ出して身を捨てていたかもしれない。

あともう少し、あともう少しだ。

そうして私は運命の日を迎えた。九十五日目、百日まであと一歩——そんな夜だった。


私は堂に入った。あと五日で、最初の誓いである百日参籠を果たすことができる。正直、そのあとのことは考えていなかった。百日の間に、私が次に為《な》すべきことがわかる気がしていたのだが、おみちのことを振り払うことで精いっぱいだった。これも修行だと自らに言い聞かせていたが、苦しくはあった。そんな日々は、もう少しで終わる。

だが私は懸念していた。おみちは、私に懸想している。女の身体を思わせる花を毎日活けて、私の欲望を呼び覚まそうとしている。そんなおみちが、いつ扉を開けて私のもとに訪れるかわからない。最後の最後に、おみちが私にすがってくるような気がしてならなかった。

修行を捨てて、一緒になってくれ——そんなふうに懇願されたら、私ははねのけられるだろうか。愚かな私はおみちで何度も自瀆していた。私は仏の前で、おみちに組みしかれるのを想像して、何度も身もだえした。私は釈迦のように誘惑をはねのけられるだろうか。

しかし、そんな悩みからも、五日後には解放される。

私は一心不乱に経を唱えた。如意輪観音様に手を合わせながら。

そうしながらも耳を澄ましていた。

そうだ、私は女を待っていた。恐れながらも、おみちが花を活けに来るのを待ち遠しく思っていた。堂を出て花を手にするごとに、心の中に穏やかな気持ちが広がりもしていたのだ。

おみちに何かあって、花がないことを恐れていた。堂に籠ることは孤独ではあるし、孤独でなければならないのだが、おみちが私を毎日見守ってくれているような気がして、救われていた。欲情もしていたが、穏やかな感情もあったのだ。けれどそれに身をゆだねてしまうのが一番恐ろしかった。

落ち葉を踏む音がした。足音をひそめているが、女だ。私はもうわかっている。今夜もおみちが来た。そしてことりと小さな音がした。花を活けた竹筒を置いた音だ。私はほとんど無意識で立ち上がって、早足で駆け寄り、堂の扉を開けていた。

驚いた顔の女がいた。

おみちだ。

正面から顔を見たのは初めてだった。

私はきっとそのとき、怖い表情をしていたのだろう。おみちは「申し訳ございません」とだけ口にして、私に背を向けて逃げるように急ぎ足で門の外に出ていった。

咎められると思ったのか。

私には穏やかな顔で優しい言葉をかける余裕などなかったのだ。

いや、これでいいのだと私は自分に言い聞かせる。おみちは、明日はもうこないかもしれない。そうなったら二度と会うことはない。それで私はようやく断ち切れる。

私はおみちが残した花をしばらく見つめたあと堂に戻った。

身体が熱い、燃えているかのように熱を帯びている。どうしたことか——私はさきほどおみちの姿を見たことで、欲望がたかまってしまったのを感じていた。もう会うことがない女かもしれないのに。

熱のせいか、私は意識が朦朧《もうろう》として、抗《あらが》いがたい睡魔に襲われてしまった。

どうしてお前は女を追わなかったのだ——。

そんな声が聞こえた気がして、私ははっと目を開けて、目の前の観音様を見据える。

そこにいるのは、救世観音《ぐぜかんのん》様だった。

聖徳太子様のお姿を映されたという、救世観音様だ。

そして救世観音様は私の前にすっくと立っていらっしゃった。

驚きで口もきけず手足も動かせない私の前で、救世観音様が口を開かれた。

「行者《ぎょうじゃ》が、これまでの因縁によって、たとい女犯があっても、私が玉女《ぎょくじょ》の身となって肉体の交わりを受けよう。一生の間、能《よ》く荘厳《しょうごん》して、その死に際しては導いて極楽に生ぜさせよう」

そうおっしゃったのだ。

そして観音様は満足されたような表情を浮かべ、私の前から消えた。

私はしばし呆然《ぼうぜん》としていた。

私はさきほどの救世観音様の言葉を、繰り返し口にする。

玉女の身となって肉体の交わりを受けよう——救世観音様が女への欲望に苦しむ私

に与えられた言葉の意味を考え続ける。

これから先、私が女を抱くときは、その女は観音様の化身なのだ――観音様が私の欲望を抱いてくださるのだ――。

愚かなお前を受け止めてやろうとおっしゃっているのだ。

私はひれ伏していた。

観音様の慈悲に。

私は泣いていた。

女を、女に欲望を抱く私の苦しみをすくい取ってくださった観音様に手を合わせながら泣いていた。


朝方、堂から出ると、早朝より起き出した住職の姿が見え、挨拶をした。

住職は堂の前に置かれた花に目を留める。

「おみちは信心深い女人でしてな。あなたが百日参籠の修行をするのを知って、自らも願をかけたのだと言っていました。百日間、花を観音様に手向けようと」

老いて背中の丸くなった住職は、目を細めてそう言った。

「観音様のご加護があったのかもしれませぬ。おみちの働く店の主人の甥《おい》が、以前からおみちを嫁にと望んでいましたが、おみちは生まれもわからぬ子だからと反対する者もおって……けれど昨日、おみちの店の主人に聞きました。嫁に行くことが決まったと」

私は言葉を失った。

おみちには、そのような男がいたのだ。

この百日近くの私の煩悶はなんだったのかと呆然としていた。

立ち尽くす私の様子に気づかないのか、住職は言葉を続ける。

「実は、おみち自身も、その男のことをずっと憎からず思っていたのです。無事に、おみちの願いは聞き届けられたようです。きっと、幸せになるでしょう」

それはよかったと、私は口にするべきなのに、できない。私のところに訪れて花を手向けていたのは、その男と一緒になれるように願をかけていたに過ぎないのか――。

なんだったのだ、私の苦悩は、煩悶は。

あれほどまでに、おみちが堂の中に入ってきて、私の前で着物を脱いで抱いてくれと懇願することを恐れていたのに。

すべて私の独り合点だったとは……。

おみちのことが頭から離れず、何度も何度も自瀆をした私は……。

いや、だからこそ、救世観音様が私の前に現れたのだ。苦悩する私の前に、救世観音様が現れ、言葉をくださったのは、私が女を恐れ己の欲と戦っていたからだ。すべて仏が私を導くために見せた夢なのだ。

住職は、私の内心の葛藤には全く気付かない様子で、「よかった、よかった。仏様のご加護のおかげじゃ」とひとりごとのように口にしながら、朝食をとるためか自室に戻っていった。

私はその背中を、じっと見つめながら、心に決めた。

女を抱こう。

私はそう誓った。

己の欲望に従い、女にふれる。

それは観音様の化身なのだから。

人は私を女犯の禁を破った破戒僧だと罵《ののし》るだろう。けれど、違う。

私は愚かな男かもしれない。何年も仏道修行を重ねても、煩悩を捨てきれなかった。

ただ私は人間だ、仏にはなれない。欲望を持った人間だ。

けれど、愚かな人間だからこそ、救える者もあるはずだ。

女を抱き、妻を得て、子を生《な》す私を人は愚かだというかもしれないけれど、それもすべて仏のお導きだから、もう迷うことはない。

私は仏にはなれない、人のままだ。

それでもいい。

周りを見渡し、誰も見ていないのを確かめたあとで、私は自らの股間に、そっと手をふれた。

堅くなっていた。

女を抱くと決めて、身体が心に従ったのだ。

やはり私は愚かで、愛欲の煩悩を捨てることは、一生できない。

だからこそ、仏に仕え続けねばならない。

私は自らをこう称することにした。

愚かな禿《かむろ》――愚禿《ぐとく》と。

――愚禿が心は、内は愚にして外は賢なり――

愚禿親鸞《しんらん》、若き日の六角堂での救世観音様のお導きは、のちに「女犯の夢告」と呼ばれるようになる。

糺《ただす》の森

目の前に、森が広がっている。

榎《えのき》に楠《くすのき》、杉など、無数の木々が枝を揺らし、空を覆《おお》っていて、果てが見えない。この森から永遠に抜けられないような錯覚すら覚える。

昼間はその隙間《すきま》から光が射《さ》して砂利を照らしているが、それでも薄暗い。

静かだが、耳を澄ますと水の音が微《かす》かに聞こえる。

奈良の小川、瀬見《せみ》の小川、泉川《いずみかわ》、御手洗川《みたらしがわ》と、この森にはいくつかの川があり、古くから祭祀《さいし》が行われてきた。

そして森を抜け東へ行くと、ひときわ大きな川が流れている。高野川《たかのがわ》だ。西の賀茂《かも》川《がわ》、東の高野川、ふたつの川は、森を越えると合流し、一本の大きな鴨川《かもがわ》となる。京の都の東を守る青龍《せいりゅう》という霊獣がこの鴨川だとも言われている。

京都の北から南へと、都を切り割くように流れている鴨川は、摂津へと続き、大海へ流れ込む。鴨川、青龍はときどき荒れ狂い、氾濫《はんらん》を起こしてはいるが、上流である森付近が被害に遭うことは、滅多になかった。

御所からも少し離れ、喧噪《けんそう》とも縁がなく、ただ水の流れと木々の囁《ささや》きに囲まれている。

そこは、糺《ただす》の森と呼ばれていた。

井戸をのぞき込むと、風もないのに水がたぷんと波打っているのが見える。

鴨川の流れが、速いのか。

そういえば、昨日は北のほうが少しだけ曇っていたから、雨が降っていたのかもしれない。雨が流れ込み、水量が増えたのだろう。

高安《たかやす》は、縄をくりつけた桶《おけ》をするすると井戸に下ろし、水を汲《く》み上げた。

水は澄んでいて、高安の顔を水面に映す。

金の細工で双葉葵《ふたばあおい》が施された器に一杯だけ水を移し、こぼさぬように気をつけながら賀茂の神を祀《まつ》る祭壇の神棚の前に供える。

高安は目をつぶり手を合わせた。

毎朝、鴨川とつながる井戸の水を汲み供えるのは、この家の当主の勤めだ。高安も父が病に臥《ふ》せった時から、一日も欠かさず怠らないようにしている。

高安が生まれた家は、糺の森の南端に面し、代々社家として賀茂御祖神社《かもみおやじんじゃ》に仕えていた。

父は五年前に亡《な》くなった。母も父の後を追うように逝《い》ってしまった。仲睦《むつ》まじい夫婦で、三人の子どもをもうけたが、高安の兄と妹は生まれて間もなく死んでしまい、子どもは高安ひとりになった。なので高安が順当に家を継いだが、妻と高安の間には子が生まれなかった。

「お前に子がおらぬのが、心配でならぬ」

父は、亡くなる前にそう漏らしていた。

世継ぎがいないのを懸念《けねん》した父は、生前、外で女と会うように高安に促してもきた。言われずとも、高安は男ならば誰もがしているように、妻以外の女と文を送り合い、忍んで会うこともあったが、他の女にも子どもはできなかった。

父も母も、この家の世継ぎのことを気にかけながら逝ってしまった。

「いいか、代々、我々が京の水を守ってきたのじゃ。一族が絶えれば、水も絶える。水が絶えれば、人が絶える」

父は高安に繰り返しそう告げて、亡くなった。

高安の一族は、山城の国に都が移る以前から、この地で水を守り続けている。この辺りは、賀茂氏という豪族の所有地で、高安の家は賀茂川と高野川というふたつの川が交わる地、糺の森に鎮座する賀茂御祖神社の神職の流れを汲んでいた。

賀茂氏ゆかりの神社は、賀茂別雷神社《かもわけいかづちじんじゃ》と賀茂御祖神社がある。もともとひとつだったものを、天平の時代に勢力を分断するためにふたつにわけたという説もある。

賀茂御祖神社の祭神は、玉依姫命《たまよりひめのみこと》と、その父である賀茂建角身命《かもたけつぬみのみこと》とされている。玉依姫命の息子が、賀茂別雷神社の祭神である賀茂別雷命《かもわけいかづちのみこと》だ。

賀茂氏に代々仕える高安の家は、京都の北の山から流れて川となる水を守る役目だと聞かされていた。毎朝、鴨川とつながる井戸の水を供え神に祈り、賀茂御祖神社に出仕し、日照りが続くと、祈禱《きとう》を行うこともあった。

かといって、特別な力を持っているわけでもない。ただ、一族が存在することで、水が守られているのだと父に言い聞かされてきた。

父の姉は地方の神官の元に嫁ぎ、その息子は家を継いだと聞く。高安が死ねばこの家が絶えてしまう。遠縁の者から養子をもらうことも考えてはいたが、どうも気がすすまない。やはり自分の血を分けた子に家を譲りたいという気持ちが強かった。

若い頃は、高安も見栄《みば》えがして、歌を詠《よ》むのにも長《た》けていたので拒む女はいなかった。女の気を惹《ひ》くのなんて簡単だった。気の利《き》いた文を送るだけで、すぐこちらにのぼせ上がる。特に自覚はなかったが、神職の流れを汲む高安は、貴族の男とは違った神々《こうごう》しい雰囲気があるなどと言われもした。遊び仲間の男たちと酒を酌《く》み交わしながら、女の品定め談義などもよくしたものだ。

妻に出会って、その奥ゆかしさと品の良さと愛らしさに惚《ほ》れて正妻にしたけれど、その後もしばらくの間は女遊びを繰り返していた。けれど、子どもは出来なかった。三十を過ぎて、たいして興味もない女と歌を交わすのも面倒になってしまった。昔は女から情をかけられ、歌を交わすのも遊びの一端であったが、そういうこともすべて煩《わずら》わしくなった。憑《つ》き物が落ちたように、女を求める気持ちが薄れ、妻とも滅多に交わらなくなってしまった。けれど何故《なぜ》か、そうなってから高安は妻を愛《いと》おしく想《おも》う心が強くなった。

妻は藤原氏の血を引く女であったが、兄弟間の政争に負けた男を父に持ち、不遇の身であった。だからこそ、政争の道具にもされず、高安が妻にすることができたのだ。もしもそうでなければ、東宮の妻にもなっていたかもしれない生まれだ。

妻は控えめで口数少なく、幼い顔立ちで、無邪気に笑う。素直で、高安のすることに一度も文句など口にしないし、愚痴も言わない。もう今は三十に届こうとしているが、昔と変わらぬ愛らしい女だった。

若い頃、人並みに女遊びはしたが、妻を超える愛おしさを抱いたことはなかった。だからこそ、子を生《な》すなら妻との間にという気持ちがあった。

「まんがいちのことだ。気休めにしかならないかもしれないが」

そう言って陰陽師《おんみょうじ》を呼ぶのをすすめたのは、親戚《しんせき》にあたる、賀茂御祖神社の禰宜《ねぎ》でもある幼馴染《おさななじみ》だった。

子ができぬのは、何かしら呪詛《じゅそ》でも受けているのではないかと、禰宜は以前から強く陰陽師に視《み》てもらうことをすすめてきていた。

実際に、最近、都ではそのように呪詛祓《はら》いの話はよく耳にする。高安は、のらりくらりと禰宜のすすめを逸《そ》らしてきた。だが最近、出仕先の賀茂御祖神社で顔を合わすたびに言ってくるので、逃れられないと諦《あきら》めるようにもなった。

禰宜が強くすすめてくるのは、裏に他に意図するものがあった。

陰陽師というのは、都の陰陽寮の役人で、数人が名を連ねている。天と星を読み、暦を作るのがその役目だが、都では安倍晴明《あべのせいめい》という陰陽師が名を轟《とどろ》かせ、ミカドや貴族たちの信頼を得るようになった。実のところ、安倍晴明はとっくに陰陽寮の役人を退いており、齢《とし》も六十を過ぎている。

　時の権力者である藤原氏に重宝されるようになり、さまざまな怪異を解決したなど、嘘《うそ》か真《まこと》かわからぬ話が過剰に喧伝《けんでん》されるようになった。

　一条戻橋《もどりばし》の下に、使い魔である式神を住まわせている、魔物と対峙《たいじ》する際に、その式神を使うなどとも言われていた。誰もそのような使い魔など見たことはないはずなのに、口伝えで話が広がっていく。

　そもそも陰陽師の仕事は妖怪《ようかい》や魔物退治ではないのにと、他の陰陽師の中には、安倍晴明の活躍を苦々しく思っている者もいるらしい。最初から妖怪退治を期待され、できないと正直に伝えると、失望されるという話もあるようだ。

　もともと安倍晴明の師匠筋の天文博士は賀茂氏の陰陽師であったが、晴明が藤原氏に取り立てられるにつれ、疎遠《そえん》になったそうだ。晴明の師であった陰陽師は老いて、今はその息子が陰陽寮の役人となり継いでいる。禰宜が高安に呼ぶようにすすめてきたのが、その息子だった。

　しかし彼が若いこともあり、世間ではまだまだ名は知られていない。何より、陰陽師といえば安倍晴明の名が轟いているため、他の者の影が薄くなってしまっている。

ている賀茂御祖神社の禰宜が、同じ一族である賀茂氏の陰陽師を世に出すために、奔走しているのだった。

利用されるようなものだとは承知していたが、断れる立場でもなかった。しかし高安は、そもそも呪詛の効果には半信半疑だ。神に仕えてはいるが、今まで不思議な現象なども体験したことはない。だから安倍晴明の呪法なども、どうせ藤原氏がまた自分たちの力を誇示するために話を大きくしているのだとしか思っていなかった。

自分は妻とふたりで年を取り、穏やかな暮らしを続けていければそれでいいとは思っているが、この家の当主である限り、できる限りのことをしなければならないのだ。

「何もなければよろしいのですが」

陰陽師が来る日の朝から、妻は落ち着かないようであった。

禰宜に頼まれて、子ができないのは呪詛されているからかどうかを確かめるために、賀茂氏の陰陽師を呼ぶのだという話はしてあった。

「案ずることはない」

その日も高安は、朝から井戸の水を汲み、供えていた。

雨で鴨川が増水すると、井戸の水位も高くなる。高安の覚えている限り、井戸から水が溢《あふ》れたことも何度かあったが、大事にはならずに済んでいた。

今朝の水が少しばかり濁っていたのは、昨日、雨が降ったせいであろう。桶の底のほうに少し泥が溜《た》まっていたので、高安は上澄みを双葉葵の器に入れ、いつものように神棚に供えて、手を合わす。

夜のとばりが降りた頃に、賀茂氏の陰陽師がやってきた。

高安の記憶の中では、まだまだ子どもだったが、すっかり大人になっていた。けれど、無表情で愛想のない男だ。

陰陽師は家の中を何か探るように動き回る。あらさがしをされているようでいい気分ではなかったが、仕方がない。

「あれは」

陰陽師が、庭に続く障子を開いて不躾《ぶしつけ》に指さしたのは井戸だった。

「我が家に代々伝わる、鴨川とつながる井戸だ。毎朝、あの井戸の水を賀茂の神に供えている」

高安がそう口にすると、男は何か考え込むそぶりを見せた。

「おそれながら申しあげますが……あの井戸には女が憑いております」

ふいにそう言われ、高安は驚く。

「女？　どのような女か」

「はっきりした姿は、私にも見えませぬ。でも、匂いです。女の匂いが井戸から漂ってきます」

匂いと言われても、高安には想像もつかなかった。自分は毎朝井戸の水を汲み上げているが、そのように感じたことはない。

「子が生せぬのは、その女のせいなのか」

高安が問うと、陰陽師は考え込んでいるような仕草をする。

「わかりません。ですが、強い恨みを持っているからこそ、ここに留まっているのでしょう」

陰陽師は淡々と答え、その冷静さに高安は苛立《いらだ》ちを感じた。

「失礼ながら、何か心当たりはございませぬか」

心当たりならば確かにある。けれど、口にするのははばかられる。

「河原祓《かわらはらい》をご所望されますか」

ふいに、陰陽師に聞かれた。

河原祓は、鴨川の河原で行われる呪詛祓いだ。

大ごとにはしたくない。陰陽師を呼ぶのだとて、禰宜に言われ仕方なくやったことであって、気がすすまなかったのだ。河原祓などをすると、人目にもついてしまう。高安は「少し考えさせてくれ」と伝え、陰陽師を帰した。

自分は子を生すことができる身体《からだ》である。

父母も元気で、妻と出会う前の十代の頃、高安はひとりの女を孕《はら》ませたことがあった。

女は、十七歳であった高安より十ほど年上で、夫を亡くした未亡人であった。もとは朝廷に仕える女官であったが、素行に問題があり家に帰されたのだと聞いていた。高安の遊び仲間の男の一人が、若い高安をたきつけて、通わせるように仕向けた。当時、まだ経験の少なかった高安はすぐにその女の肉体にのめり込んだ。

女の肌は柔らかく、吸い付くようであった。女は快楽を与えることが悦《よろこ》びであるかのごとく振舞った。顔はよく覚えていないから取り立てて美しくもなかったのだろう。それよりも女の肉体に高安は夢中になった。いつなんどきでも、女は求めに応じてくれて、高安は離れられなくなってしまった。

そうしているうちに、女は子を孕んだと高安に告げた。突然のことで理解が追いつかず、欲望が抑えられなかった高安はその日も女にのしかかった。けれど、女はいつものように男の指先に敏感に反応せず、自分から動きもせず、仰向けに横たわったままだった。女はなんとか高安を受け入れはしたが、声も出さず、苦痛であるかのような表情を浮かべたのが、気に障《さわ》った。

終わったあと、女は深いため息を吐き、高安に背中を向けた。

その態度に腹が立った高安は、しばらく女の家から足が遠のいた。すると女から、「どうして会いに来てくださらないのですか」と文が届き、仕方がなく一月後に女を訪ねた。

しかし女にふれようとすると、手を払いのけられ、「それよりも、子どものことをお考えになってください」と言われた。

「いつ、妻にしてくださるのでしょうか」

女がそう口にしたとき、高安は驚きの表情を隠せなかった。

素行に問題があり宮中から追い出された末亡人の女などを妻にすれば、世間からの笑い者だ。自分は神職の流れを汲む格式ある家の跡取りなのだ。

確かに女の肉体に夢中になってはいたが、最初から妻にするような女ではないと思っていた。

つれない態度を隠せない高安に対して、「他に女がいるのではありませんか。私と枕《まくら》を交わしながら、違う女と交わるなど、許せません」と、悋気《りんき》を剝《む》き出しにされて、女に対する欲情も、一切消えた。最初から遊び相手でしかなかった、十も年上の女に束縛され結婚を迫られるなんて嫌悪《けんお》感しかない。離れることしか考えられなくなり、女の家に通うのをやめた。

そうすると、毎日のように文が来た。父母に見つかっては困ると、高安は難儀した。文にはうらみつらみが綴《つづ》られており、ますます気が重い。

あなたが愛してくださったから、私は子を孕んだのだ、なのにどうしてこんなにもつれないのか、毎日泣いていて、食べ物も喉《のど》を通らない、このままだと死んでしまう——と。

腹の子は日に日に大きくなっていくのがわかるとも文にあり、頭を抱えた。

もとより節操がないくせに自分に執着し、他の女とねんごろになることは許さないなどと、どこまで冗談か知れぬが、ただならぬことを匂わせるのにもうんざりしていた。

間違っても、自分の両親に好まれる女ではない。何よりも、高安自身が、この女のことを愛してはいないのだ。そんな女が子を孕もうが、妻にできるわけがない。

高安は、どうやって別れればいいのかと、ひときわ女の扱いに長《た》けている遊び仲間の男に相談した。

その男に提案されたのが、糺の森での誓いだった。

「そこで腹の子が本当にお前の子なのか、確かめるといい」

「どうやって確かめるというのだ」

「偽りを糺の森の木綿《ゆう》だすき、かけつつ誓え、我を思わば、という歌を知っているだろう。糺の森は、昔から偽りを糺す森だと言われて、恋人に愛を誓わせたという。だから女を連れて、神に聴くのだ」

「神の言葉を聴くことなど、できない」

「なぁに、お前が判断すればよいことだ。それが神の言葉となる。お前は、賀茂の社《やしろ》に仕えている身だろう」

男の言葉に、高安はすぐには「その通りだ」とは返せなかった。それは神を偽ることになるのではないか。自分の願いを神の言葉としていいのだろうか。しかし、自分に今できることはそれしかない気もした。

高安は、男に言われた通りに女に文を送り、満月の夜に糺の森に呼び出した。

しばらく文を無視していた高安からの便りだ。女からは喜びの返事が来たが、いざ高安の遣わした輿《こし》から降りると、夜に寒い森に連れてこられたからか、不安が表情に漂っていた。おそらく、高安の自宅にでも招かれると思っていたのだろう。

高安は女の顔を正面から見て、改めて腹立たしさがこみ上げてきた。

どうして自分が、こんな理不尽な目にあわないといけないのだ。すべてはこの女のせいだ。

「寒ぅございます」

女は、まずそう口にした。

「寒さは腹の子にこたえます。どこか暖かいところへ」

女は愛おしそうに自分の腹をさすった。女の腹は、少しばかり膨らんでいるようにも見えた。

高安は、「ここでないといけないのだ」と、低い声を発する。

「紉の森の神に誓え。その腹の子は、本当に私の子なのかどうか」

「何をおっしゃるのですか。誓って、あなたの子でございます」

女は凜《りん》として、高安から目をそらさずに、はっきりとそう答えた。

自分の子どもであって欲しくない——。

高安は、はっきりと自分が女を憎んでいるのを自覚した。腹に子を宿した女は、もうかつて自分が身体を貪《むさぼ》った女ではない。高安にとって障りでしかない。

「紕の神よ――」

高安は木々に覆われた天を仰いで、神に呼びかけた。

そのとき、ざわざわと音がした。木の葉と枝がこすりあわさる音だ。

ごぉおっと、一瞬だけ風が吹いた。

高安は目をあける。

「紕の神が、私に告げた。やはりその子は、私の子ではない」

「そんな」

女が顔をゆがめる。

「神が私にそう告げたのだ。私には届いた。知っているであろう、私の一族は古くから京を流れる水を守る一族だ。だから私は神の声を聴ける。神がさきほど真実を告げた」

本当は、神の声など聴いたことはなかった。自分には特別な力などない。けれど、高安はそのとき一瞬だけ吹いた強い風に、神に背を押されたような気になっていた。本当に神が降臨したかのように錯覚して、ためらいなく女に告げた。

「偽りを申すものよ、去れ。これ以上、偽りを続けるならば、神の怒りを受けるであろう」

高安がそう口にすると、女はそれまで見たこともない形相で睨《にら》みつけてきた。まるで鬼だ。

だが、ひるんではいけない、この女との関係をどうしても断ち切らねばならないのだ。そのためならば、神だって利用する。

女がこのような表情をするのを、今まで見たことがなかった。女とは、自分の母も含め、穏やかで優しく男を受け入れる生き物であるはずなのに。

やはりこの女とは、離れなければならない。

「それほどまでに私を遠ざけたいのなら、仕方がない。子は間違いなく、あなたの子ではありますが、生まれてきても不幸になるだけでしょう」

女はそう口にして、表情を緩ませ目を伏せた。

「賀茂御祖神社の祭神の玉依姫命の伝承は、もちろんあなたもご存じですよね」

女は目を伏せたまま、話し続ける。

「玉依姫命が水遊びをしていると、上流から丹塗《にぬ》りの矢が流れてきて、それを拾い、枕元に置いて眠ると、子を宿した。その子が、賀茂別雷神社の祭神の賀茂別雷命です。男と交わらず、子などできるでしょうか。私はずっとこの伝説が不思議でした」

高安は黙って聞いていた。

「どこかの男が玉依姫命と交わり子どもを作ったあと、無責任にも逃げた。だから丹塗りの矢などと伝説にしあげたのではないかと。不誠実で無責任な男だらけです。あなただけではない。どの男も……」

けれどそんな男たちを受け入れていたのは、おまえたち女ではないかと高安は思ったが、口にしない。

「あなたが賀茂の社が鎮座する糺の神に誓ってそう言うのならば——私はそれを受け入れますが……」

女は言葉を止める。

「もしもあなたの言葉こそが偽りであったならば、その報いの矢はあなたに向けられるでしょう」

女はそう口にしたあと、ゆっくりと顔をあげ、なぜか笑顔を見せた。

その笑顔がうすらさむく、高安は恐怖で女に背を向けたが、まるで鬼に睨まれているかのように背筋が冷たい。

ざあぁっと、また木々がこすれる音がした。

今度は、風も吹いていないのに糺の森がざわめいている。

女からは、その後、一度だけ文が来た。

子は鴨川に流した、と。

産んでから流したのか、生まれる前に流したのかはわからない。川につかり冷たい水で身体をひやし、子を流すという話をどこかで聞いたことがあった。

女の行方は、それから知らない。生きているのか、死んでいるのかもわからない。

高安に女を押し付けた男によると、女の家はいつのまにか無人になっていたという。それ以上、行方を詮索《せんさく》する気にもなれなかった。高安は、女の嫌な記憶を振り払うように遊んだが、その後はどの女にも子どもはできなかった。そのうち高安は、今の妻と出会い結ばれ、女のことなど、忘れてしまった。

けれど陰陽師に、「女が憑いている」と告げられ、女の存在を思い出してしまった。

もしかしたら、あの女の呪詛のせいで、妻が子を授かることができないのだろうか。

女のことは妻に話していない。妻と出会う前の話ではあるし、何よりも、高安の中に、罪悪感のようなものがあった。子どもを流させたことではなく、神を偽ったうしろめたさだ。

陰陽師が帰ったあと、高安はじっと庭の井戸を眺めていた。今日は穏やかな日で、鴨川の水も澄んでいた。きっとこの井戸の水も、澄んでいるだろう。

陰陽師に、すべて打ち明けるべきなのか。

けれど、神職にありながら神を偽ったことが、もしも誰かに伝わってしまったらと思うと、勇気がなかった。

女が子どもを流したのは予想外ではあったが、安心したのは事実だ。もしもあのまま出産し、あなたの子どもだと言って家にでも押しかけてきたらと考えると、ゾッとする。

高安は井戸を見つめ続ける。

女は鴨川に子を流したと文に書いていた。だから、鴨川につながるこの井戸を通じて、女と生まれなかった子どもの恨みと念が、この家に憑いたのだろうか。

父が病に臥してからは、毎朝、高安が井戸の水を神棚に供えてきた。

その水こそが、女の念だったのか。

自分は女が子を流して呪詛した水を、毎朝汲み上げて供えていたのだと考えると、手足の指先が、すっと冷たくなった。

翌々日、改めて陰陽師がやってきたので、高安は意を決して、女の話をした。

ただ、糺の森の神を偽ったことだけは、話せなかった。

陰陽師は驚く様子も見せず、最初は黙って聞いていた。

「おそらく……その女でしょう。とりあえず、井戸の様子を見てみましょう」

そう言って陰陽師と高安は庭に降りる。陰陽師は井戸をのぞき込み何やらぶつぶつと唱えている。

「……はて、女の気配が消えております。女の匂いがしない」

「消えた？」

「前は確かにここに憑いていたのですが……私に気配を察されて、逃げたのか」

そんなことがあるのだろうかと、高安は不審に思った。長年の間、子ができないのがあの女の呪詛のせいならば、陰陽師を連れてきただけで、そこまで深い恨みが簡単に失《う》せるものだろうか。

「どういうことだ」

高安が問うと、陰陽師は少し考え込み、口を開いた。

「もしも憑いていた女が、生霊《いきりょう》であれば、恨みが消えたということもございます。死霊であれば、あなた様が思い出されたことで、恨みが晴れたとも……何か向こう側で状況が変わったのかもしれませぬ」

陰陽師が帰っていったあと、妻が不安げな顔をして高安のところにやってきた。

「私が子どもを生さぬばかりに、申し訳ありません」

健気《けなげ》な様子に愛おしさが募り、高安は妻を抱きしめた。

「月のものが来ぬのです」

妻からそう告げられたのは、陰陽師が井戸を見に来てから、半年ほどが経《た》った頃だった。

「今月だけではなく、先月も、先々月も……まさか、とは思いますが」

確かに、「まさか」ではあった。

高安に心当たりはなかった。妻のことを愛おしく思ってはいるが、交わる回数は近年減っていた。そして半年前、陰陽師に女が憑いているといわれ、あの女を思い出してからなんとなく憂鬱《ゆううつ》で、妻とは手もふれていなかった。

だから、子どもが宿るわけがない。

「今まで、このように遅れたことや来ないというのは初めてで……何かの病かとも思いましたが、確かに自分以外の命がここにいるのです。理屈ではなく、そう感じているとしか申し上げようがないのですが」

妻は、喜びに満ちた表情で高安にそう告げた。

そんなはずはない——何かの間違いだとしか思えなかったが、妻の喜びぶりに、どういった言葉をかけていいのか分からず口ごもることしかできない。

「まだわからぬ。病であるかもしれぬし、とにかく、身体を大切にして、もうしばらく様子を見てはどうだ」

高安がもっと喜んでくれると思っていたのか、妻は不満そうに恨みがましさを表情に浮かべ、じっと高安を見つめた。高安は、思わず妻から目を逸らした。

妻は「自分以外の命がここにいる」というが、そんなことがあるのだろうか。陰陽師によって、家に憑いていたあの女が祓われ、妻が子を孕んだということなのだろうか。だが、子どもができるような行為はしていない。

「これで亡くなったあなたのご両親にも申し訳が立ちます」

妻は、そう呟《つぶや》いた。高安は妻を避けるように、庭に出て、井戸の水を汲み上げた。晴れている日が続いているのに、水は濁っていた。

しばらく経てば、「月のものが訪れました」と告げられるだろうと思ってはいたが、そうはいかなかった。

妻はつわりがはじまったと吐き気を訴え、「少しですが、腹も膨らみはじめました」

と、高安に嬉《うれ》しげに告げる。

「あなたのご両親が生きておられたら、さぞかし喜ばれるでしょうに」と、妻は口にするが、答えようがない。

しかし妻は何故か日に日に痩《や》せていく。じゅうぶんに食べているようだったが、頬がこけ、急に老《ふ》け込んだ。眼の下には隈《くま》ができている。

丸くてふくよかだった妻の顔が、別人のようになっていく。そのくせ腹が出るだなんて、まるで餓鬼のようではないか。

そんな妻の姿を見るたびに、高安の気持ちは沈みがちだった。高安の態度が気にいらないのか、寝床で妻は「どうして喜んでくださらないのですか。あなたの子なのですよ」と、泣き出した。

「……本当に、そうなのか」

耐えきれず、高安は口にした。

「まさか、私を疑ってらっしゃるのですか。他の男と通じたとでも――」

「いや、本当にお前の腹の中には子がいるのか」

「お疑いなさるのですか？　情けない……」

「……私は長く、お前にふれていないのに、子ができるなんて」

高安がそう言うと、悲しそうな表情を浮かべる。

「あなたも、玉依姫様の伝説をご存じでしょう」

玉依姫命――高安はため息が出そうになるのを堪《こら》える。

あの女が、別れ際《ぎわ》に玉依姫命の話を持ち出したのを思い出したのだ。

「玉依姫様は、男と交わらず、子を生されました。川にいたら、丹塗りの矢が流れてきて、その矢を寝床に置いていると、子どもを孕まれたと――だから、そういうこともあるのでしょう」

「あの話は伝説ではないか」

「あなたは神に仕える身であるのに、伝説を信じておられないのですか」

妻が軽蔑《けいべつ》の色をたたえた瞳《ひとみ》で、高安を見る。その瞳には既視感があった。

この女は――妻は、おかしくなってしまったのか。

男と交わらず、女に子どもができるわけがない。

あるいは――何かが憑いているのか。

そもそも、こんな口ごたえするような女ではなかったはずだ。いつも従順で、おとなしく、そこが愛らしい女であったのに。

嫌でもあの女を思い出してしまう。子を孕み、その子を鴨川に流したあの女を。

いつでも高安を受け入れて快楽を与えてくれたあの女も、子どもができてから、高安に従わなくなった。

あの女の顔など忘れてしまったけれど、痩せて頬がこけ目もとがキツくなった妻の顔を見ていると、あの女もこんな顔だったように思えてならない。

女は、今、生きているのだろうか、それとも死んでいるのだろうか。

死んでいるならまだましだ。もしも井戸に憑いていたのが生霊ならば、祓われても、恨みを抱いた女が、今どこかに生きているのは不気味な気がした。今からでも行方を捜して、生死を確かめようかとも思ったが、見つけてどうするのだという気持ちもあった。

あの女が、ずっと子を流した憎しみを抱きながら、生きているとしたら――。生まれてくる子は、少なくとも、ひとりの女の強い恨みを背負ってくるのだ。

毎朝の井戸の水汲みの度に、高安は女のことを思い出さずにはいられなくなっていた。女は鴨川に高安との子を流し、その鴨川の水とこの井戸はつながっている。井戸の水を神棚に供えるということは、死んだ子を纏《まと》った水が高安の家にあるということだ。

女はすべてわかっていて、高安を呪《のろ》うために、この家に憑くために、鴨川で子を流したのではないか。

生まれなかった子を川に流す行為が水子という言葉の由来であるのは知っていた。古来、この世に生をうけることができなかった、また生まれはしたが生きられなかった子が何人いるだろう。その命が流された川と水を高安は守っているのだ。

しかし妻は、そんな夫の苦悶《くもん》には気づかぬようで、日に日に腹の子が大きくなる喜びを口にする。完全に自分の腹の中にいるのが、高安との子どもであると信じ切っているようであった。

妻の腹が大きくなるにつれ、高安は不安を抱くようになった。夜、一度寝入っても、何度も目を覚ましてしまう。

だから、きっと、あんな夢を見てしまったのだ。

夢の中でも高安は井戸の水を汲むために、庭に出る。すると井戸のそばに女がいた。井戸を囲むように腕を伸ばしている。

腹が膨らんでいるが、妻ではない。

おそらくあの女だ。

「子が、できました。あなたの子です」

女は顔を高安のほうに向けてはいるが、目はどこを見ているのかわからない。

「今度こそ、流してたまるものか、今度こそ」

女は独り言のように、そうつぶやく。

「私があの時、流した子は、男の子でした。あなたの後継ぎになるはずだった……だからどうしても、今度こそ、産みます。世継ぎの子を、男の子を」

女はいったん、顔を伏せた。

こんなところにいたくないと高安は思っているが、動けない。

ざわざわと木々がこすれる音がした。

この音には覚えがある——糺の森だ。

「あのとき生まれなかった子が、こうして生き直そうとしているんです」

女はゆっくりと顔をあげた。

笑っていた。

女がゆっくりと立ち上がり、高安に近づいてくるが、逃げることはできない。

女は羽織っていた着物を脱いだ。腹が膨らんではいるが、豊かな乳房と、白く滑らかな肌は、かつて高安が貪るように求めた肉体だ。

「私は、子を産みます。あなたの子を、水を守る子を、この家を継ぐ男の子を」

女が笑みをたたえ、手を伸ばして高安にしがみつく。

その手は氷のように冷たい――。

そこで目が覚めた。

胸がばくばくと鳴っている。呼吸が激しい。

夢であったという安心感に、大きく息を吐く。

妻の腹の子は、あの女が水に流した子なのだろうか。その子どもが生まれ変わろうと、妻の腹に宿ったのか――そんなことは考えたくはないのに。

女は本当に祓われていたのだろうか。形を変え、妻に憑いているような気がしてならなかった。陰陽師は女はいないと断言していたが、そもそもなんの実績もない男を信用していいものだろうか。賀茂の由緒《ゆいしょ》正しい血筋の陰陽師とはいえ、まだ経験も浅く、若い。

それに高安は、妻が子を孕んでから、「この女は本当に自分の妻なのか」と何度も考えることがあった。

表情が違う、高安に対する態度も変わり、高安がふれようとすると、「身体にさわります」と、きっぱりと拒否をする。

そしてそのとき、いやしい男だと言わんばかりに、目に軽蔑の光を宿しているような気がしてならなかった。

自分はときどき遊びもしたが、妻を疎《おろそ》かに扱ったことなど、一度もなかったはずだ。妻もそれはじゅうぶんにわかっていてくれたと思っていた。いつだって高安を受け入れ、拒むことなどなかった。しかし今、妻は高安に関心を持ってはいない。それどころか、ときどき冷たい目で眺めている。

妻の高安に向ける視線が、何もかも見透かしているかのように感じる。

若い頃、あの女の身体に溺《おぼ》れ、子を生したことも。妻を迎えてからも、ときどき女と遊んでいたことも。しかし男なら、誰でもやっていることではないか。罪ではない。だから女たちに恨まれる筋合いもないのだ。

けれど、ときどき妻の目に交じる軽蔑の眼差《まなざ》しには、すべてを知っていて、愚かな男だと責められているような気になってしまった。

糺の森——。

偽りを糺の森。

あのとき、女を連れて、糺の森の神に誓わせた。真実を口にしろ、と。けれど最初から、高安は女の腹の子は自分の子ではないと否定する気でいた。女から離れるために。

「あなたはせっかく子が生まれるというのに、全く喜んでくださらない」

寝床で、妻が泣き始めたのは、産み月が近いといわれ、妻がほとんど動けなくなった頃だった。

妻の腹はもうすっかり膨らんでいた。

「私は不安でしょうがないのです。年を取ってから子を孕み産むのは、命がけと言っていい。なのにあなたは子ができてから、ずっと私に冷たい。耐えておりましたけれど、人の親となる者なのにと、情けなくて」

そう言って、妻は高安の傍で、ううう、と唸《うな》りながら泣く。

冷たくなったのはどっちだと高安は思ったが、言い返す気にはなれない。

「思えば、あなたはずっとそうでした。私は自分が子を生せず、この家の世継ぎを産めないことを気に病んでいました。またあなたのご両親もことあるごとに、私を責めるような眼差しを向けてきて苦しんでいたのに……あなたはよそで遊んで、私の苦しみなど気になさらなかった」

妻は流れるように高安への恨み言を吐き続ける。

高安は驚いた。自分の妻が、亡き両親にそのような思いを抱いていたことも、初めて知った。確かに外で遊んではいたが、恨みがましいことなど何ひとつ口にしない妻は全《すべ》てを許容しているのだと思い込んでいた。

「女とやりとりした文を、私がすぐに見られるようなところに置いておられましたね。わざと読ませて、私を苦しめようとしているとしか思えませんでした」

「そんなつもりは、ない」

「あなたがしてきたことは無かったことにはできません」

ならばどうすればいいのだと言い返したい気持ちを、ぐっとこらえる。

こんな女だったのだろうか。

妻はおとなしく、優しく控えめで従順だった。だから自分も妻を第一にしてきたのだ。妻は腹は大きくなったが、頬がこけ、顔色が悪く、人相もいつのまにか変わっている。

あの女のようだ。あの女も、子を孕んでから、嫉妬《しっと》深く、執着心が強く、愚痴ばかりになった。

自分の妻は、あの女とは全く違う種類の人間だったはずなのに。

「あなたさまは、さんざん私を苦しめました」

妻はずっと言葉を続ける。

「そうして、やっと、念願の子を孕んだ私に、どうしてこんな冷たい仕打ちをされるのでしょう」

冷たい仕打ちは、そちらのほうだと思ったが、黙るしかない。確かに子ができてから、高安は内心、不安になってはいたが、それを妻の前に態度として出したつもりはないし、変わらず接していたつもりだ。

「あなたは冷たい。子ができたはいいが、その子を可愛《かわい》がっていただけるかどうか——」

妻は、それから毎日のように、高安を責めた。

「この家の当主になるこの子は、私が大切に育てます。でもあなたにはきちんと後ろ盾になってもらわないと」

妻はそう言って、自らの腹を撫《な》でる。

「男か女かわからぬではないか」

高安がそう口にすると、妻は、何を言っているのかと言わんばかりに呆《あき》れた表情を作った。

「男に決まっております。私にはわかります。元気な男の子」

「どうしてそれがわかるのだ」

「お腹《なか》の子が、私に告げたのです、男だと」

そう言って、妻は愛おしげに自分の腹を撫でた。

鴨川に流したのも男の子だったと、夢であの女が言っていた。そして次に生まれる子も男であると——高安はそれを思い出して、背筋が冷たくなった。

瞼《まぶた》が重く、身体を動かすのも億劫《おっくう》だが、高安は寝床から出て着替え、庭に出て井戸から水を汲み上げようとした。

ふと、井戸の水がいつもよりせりあがっているのが見える。雨が降ったわけでもないのに。昨夜、高安の知らないうちに鴨川が増水でもしたのであろうか。

じっと水面を眺めていると、ぶくぶくと泡だっているのに気づいた。まるで井戸の底、水の中に生き物がいて、呼吸をしているかのように。

高安の脳裏に浮かんだのは、井戸に沈んだ腹の膨れ上がった女の姿だった。妻なのか、あの女なのか——もう高安には、どちらも同じに見える。

妄想だとわかっているが、あの女がこの井戸の底に沈んでいる光景が脳裏に浮かぶ。

大きく息を吐き、井戸の底を見ないように、桶を入れて、水を汲み上げる。

水には濁りはなかった。

けれど水面に映る自分の顔が、ひどく老け込んでいるのがわかる。その水をいつもと同じように、神棚に供え、手を合わせた。

「旦那《だんな》様、奥様が――」

妻に仕えている侍女が、叫ぶように自分を呼んでいる。

「子が生まれそうです」

確かに産み月ではあったが、まだ早い。高安は急いで部屋に戻り、陰陽師を呼びに行かせた。

妻は寝床で、唸っていた。

侍女達が、慌《あわ》ただしく動き回っている。

ついに子どもが生まれるのだ。

唸り声は聞こえ続けるが、なかなか子どもが生まれる様子はなく、高安は隣の部屋で、ただ待つことしかできずにいた。夕方になろうとする頃、侍女が「もうすぐです」と高安に告げにきた。

陰陽師の祝詞《のりと》の声が、妻のうめき声と重なって、ひときわ響き、高安はなぜか自分が責められているような気分がして、耳を塞《ふさ》ぐ。

「生まれました！」

襖《ふすま》をあけて、侍女が高安に告げた。

「男子《だんし》でございます」

聞いた瞬間、高安は、うつむいて「そうか」とだけ言葉を発した。

高安があまりにも暗い表情をしていたせいか、侍女が怪訝《けげん》な顔をしてこちらを眺めていた。

妻や子の顔を見もせず、衝動的に家を出た高安は、吸い込まれるように糺の森の木々に覆われた砂利の参道に入り込んでいく。

子が生まれた、念願の後継ぎだ。

妻とともにずっと望んでいたことのはずだ。

なのに、なぜ私はこんなに怯《おび》えているのだ——。

昼間なのに、木々が空を覆っていて薄暗い糺の森に、高安は佇《たたず》んでいた。

帰らなければならない、そして妻にねぎらいの言葉をかけ、我が子を胸に抱いて喜びの言葉を口にするべきなのだ。

けれど、それができない。

糺の神よ——。

あれは誰の子なのか、子を産んだのは、妻なのか、あの女なのか——。

自分は神を偽り、水を汚した罰を受けるのか。

高安は糺の神に問いかけてみたけれど、答える言葉はなく、風もないのに木々が揺れる。

木々の枝が伸び、自分を捕えて闇《やみ》に呑《の》み込んでしまいそうな錯覚に高安は囚《とら》われた。

逃げる力もなく、ただそこに佇んでいた。

母たちの大奥

「私の父が、粟田口《あわたぐち》で罪人として磔《はりつけ》にされ晒《さら》された日のことは、よく覚えておる。父は両手と足を麻縄で括《くく》りつけられ、顔や首はどす黒く、どれだけひどい目にあったのだろうと思うと、私まで苦しゅうて……」

そう言うと、お福《ふく》様は手で目もとを覆《おお》われるが、その目に潤《うるお》いはなかった。

「あの日、私の涙は涸《か》れた。下々の者たちが、物見遊山《ものみゆさん》で父を囲み、謀反人《むほんにん》だと囃《はや》し立てるのを目の当《ま》たりにし、悔しくてたまらなかった……未《いま》だに京の都といえば、粟田口が真っ先に思い浮かび、あの怒りと悲しみが、ふつふつと思い出されるのじゃ」

お福様からは、何度もその話を聞いた。忘れてはならないと、まるで自分自身に刻み付けるように、繰り返される。

私は京の生まれではあるが、粟田口という場所を知らないので、ただ黙って聴くだけしか、できなかった。

公家《くげ》の六条《ろくじょう》家に生まれ、伊勢に行く前はほとんど家を出たことがなかった。月のものが訪れた頃には、伊勢の尼寺の院主《いんじゅ》になることが決められており、抗《あらが》うことも考えなかった。仏に仕え一生を過ごすのだと信じていたけれど、私にも、親たちにとっても思いがけぬことが起こったのは、十六のときだ。

世間では、上様自身が私を見初《みそ》めて江戸に招いたと言われているらしいが、実際には上様の乳母であるお福様に目をつけられたのだ。何がお福様の気を惹《ひ》いたのか、わからない。私の美貌《びぼう》が際立《きわだ》っていたとの噂《うわさ》が出ていたようだが、自分が取り立てて美しい女ではないのを知っていた。

美しいというならば、上様の御台所《みだいどころ》である関白鷹司《たかつかさ》信房《のぶふさ》様の娘、鷹司孝子《たかこ》様は、身分の高さに相応《ふさわ》しく光り輝くばかりの美貌だと聞いていた。同じ京の公家の娘とはいえ、五摂家の姫とは立場も違う。

けれど孝子様は、輿入《こしい》れして間もなく上様のもとを離れ、江戸城の中の丸に暮らしているという。上様がひどく孝子様を嫌ったのだという人もいるし、お福様が幕府の意向を気に入らなかったからだとも噂されている。

それまで男色にふけっていた上様に困り果てたお福様が、女に興味を持たせるために僧形の私を近づけたのだという話も広まっているらしいが、それも間違いだ。仏に仕えていたといってても僧形ではなかったし、そもそも私が大奥に来る前に、上様にはお振《ふり》の方様という側女《そばめ》がおり、子ももうけていた。もっとも子どもは、女子であった。

確かなことは、お福様が上様のために女人を近づけるのに必死であった、ということだけだ。

お福様が、私に——おそらく他の上様お手付きの女にも繰り返ししていた話は、明《あけ》智光秀《ちみつひで》公の家臣である父の斎藤利三《さいとうとしみつ》様が粟田口で晒されたときの悔しさと、もうひとつ、上様が疱瘡《ほうそう》にかかった際の話だ。

「上様は昔、決して身体《からだ》が丈夫ではなく、流行《はや》り病にかかられ、息絶えそうになられた。私はそのとき、眠らずに看病してさしあげ、薬断ちをした。私の命は上様に差し上げたのだから、これから先、私がもしも具合が悪くなっても、薬は口にしないと誓っておる」

お福様は、その話をする際、まるで酒に酔ったかのように頬を赤らめ、目を潤ませる。罪人の娘であった自分が、将軍の命をつないだ。そのことが、何よりこの人の誇りであるのだ。その姿は、まるで上様という男に恋をする女のようだった。

お福様は、すべてを捧《ささ》げて上様に献身していた。母以上に、母であった。

上様を産んだ崇源院《すうげんいん》様は、私が生まれてすぐに亡《な》くなっているので、顔を見たこともない。上様の父である二代将軍の秀忠《ひでただ》公も、私が大奥に入る前に亡くなっている。だから私は、将軍である上様しか、知らない。生まれながらの将軍である上様しか。

院主となった挨拶《あいさつ》のために江戸城で謁見《えっけん》した際に、春日局《かすがのつぼね》――お福様が、私を気に入った。還俗《げんぞく》し大奥に入った私は、すぐに上様の手がつき、中﨟《ちゅうろう》となったのだ。

仏にこの身を捧げるために、一生、殿方と交わることなどないと思っていたのに、私は女しか入れぬ江戸城の奥で、将軍を待つ側女として毎日を過ごすことになった。

「お万《まん》、そなたは選ばれたのだ。若くして尼寺に入るよりも、この国を治める将軍に仕えることは、何よりも名誉であるぞ。おぬしの親たちも、きっと喜んでいるであろう」

慌《あわ》ただしく江戸に移り、お福様にそう言われて、もっと嬉《うれ》しそうにするべきだったであろうが、あまりのことに私はただ「光栄にて存じます」と、無難な返事しかできずにいた。

正直言って、心の準備ができてはいなかった。将軍の側女になることが、何を意味するかぐらいは、わかっていた。一生、ふれるはずがなかった「男」と肌を合わせなければならないのだ。脅えずにはいられなかったが、逃げることなど、できるわけがない。助けを求める人も、いない。

そしてそのときが来た。上様は顔に疱瘡の跡が残ってはいるが、とても柔らかい表情の殿方で、想像とは全く違っていた。

「お万か。ここで暮らすには、何かと大変なこともあろうが、何かあればお福に伝えるように。わしもできるだけ力になる」

上様は、優しい声の方だった。

何もわからぬままの私を、上様は丁寧に壊れ物を扱うように褥《しとね》に招いた。

「怖がらずとも、よい。お万の嫌がることはせん」

上様の言葉を受け、おそるおそるおそるながらも、私は上様の側に身体をすべりこませた。

上様が、私にふれる。

その手は温かく、香で焚《た》き染《し》められた着物の匂《にお》いが移り、京の家を想《おも》い起こさせた。

江戸の男は、もっと嫌な臭《にお》いがするのではないかと想像していたが、上様からは京の懐《なつ》かしい香りが漂っており、そのおかげか最初に案じていた怖さもすぐに消え、心やすらかにすらなれた。

この方に、すべてを託したい――と、あの夜、思った。

上様が私の首筋に顔を埋《うず》められ、身体が重なり合った。それは想像していたよりも一瞬ではあったけれど、痛みもなく、ただ上様の温かい肌に包まれ、幸せな時間であった。すべて上様のお人柄ゆえであっただろう。

だからこそ、上様が正室である孝子様をひどく嫌って遠ざけられたというのは不思議ではあったが、そのようなことを直接、聞けるわけもない。

上様のお気遣いもあり、穏やかな暮らしが大奥ではじまった。

私はひとりぼっちではなかった。京と江戸は、しきたりも何もかも違いすぎるから覚悟するようにと言われていたので、多少の戸惑いはあったが、同じく京から来た女たちのおかげで、居心地は悪くなかった。

なかでも、三つ下の部屋子の玉《たま》は、私のお気に入りであった。玉はもとは京の八百屋の娘であった。愛らしい娘で、それ以上に、よく気がまわる。

私が春の陽気の中で、ぼんやりと部屋で過ごしていると、鶯《うぐいす》の声が聴こえたことがあった。その鳴き声に耳を傾け、ふと京の春を思い出しているときに、玉がすっと立ち上がり部屋を出て、すぐに戻ってきた。

「お万様、庭に菫《すみれ》が咲いておりましたの。春でございますね」

と、小さな花を差し出してくれた。

月のものが訪れ、何をするのも億劫《おっくう》なときは、「京から持ってきた、匂い袋でございます。気が晴れます」と、高貴な香りのする絹の包みを差し出してくれる。

ひとつひとつの仕草は愛らしく、丸い顔で頬を赤くしてにこにこと笑うその姿は、いつも子どもみたいであった。その「玉」の名の通りだ。

まるで妹のように、私は思っていた。それを告げると、玉は「おそれ多いことでございます」と、また頬を赤らめるが、その様子がなおさら愛らしい。

玉がそばにいると、安心できる――京から遠い江戸に連れてくることにはなってしまったが、無くてはならない存在だった。

「生まれは御所より西の北、大徳寺《だいとくじ》の近くでございます。近くに今宮神社《いまみやじんじゃ》があり、子どもの頃は、そこを遊び場にしておりました。大徳寺は広く大きく、ここに天子様が住んでおられるのだと勘違いをして、あとで母に笑われました」

などと、玉とは京の話もよくした。御所から出られなかった私と違い、玉は外に出て兄弟としょっちゅう遊んでいたらしい。だから玉は、私の知らない京の話もよく知っている。

お福様の口から何度も出た「粟田口」も親たちと近くの寺に詣《もう》でた際に、行ったことがあると言う。

「粟田口は今、刀剣作りが盛んだと聞いております。また、粟田口焼という焼き物がございます。近くには親鸞聖人《しんらんしょうにん》が出家された青蓮院《しょうれんいん》もございまして……うちは八百屋ですが、母が仏教への信仰心が篤く、私も幼い頃からお詣《まい》りはたびたびしておりました。子どもですから、ご参拝するのが楽しくありました」

そんな話を聞くと、同じ京の女でも、見て来た景色が全く違うのだと感じ、新鮮であった。

私が大奥に来て三年目に、上様に世継ぎが生まれた。

母は、お楽《らく》の方様。お楽様の父親は農民で、ご禁制の鶴《つる》猟をしたことにより死罪となり、母親の再婚相手が江戸の古着屋だったため店先にいたところ、浅草観音へ参詣《さんけい》にきていたお福様に見初められたと聞く。

それまでの上様の子は、多くが幼くして亡くなっていることもあり、将軍の世継ぎを何が何でも守ろうとお福様が祈禱師《きとうし》を呼んでいるとも聞いていた。

京からきた女房の中には、世継ぎを産むのを先を越されたと悔しがる者もいたが、私自身はそれほどでもなかった。上様は私のもとに通ってきてくださって、それだけで満足だった。

けれど、ある日、いつも一番に私に朝の挨拶に来て身支度の手伝いをしてくれるはずの玉が、来なかった。玉はどうしたのか、具合でも悪いのかと他の女房に聞くと、何故《なぜ》か言いづらそうに俯《うつむ》いた。

そうして昼頃に、お福様が訪れ、玉に上様の手がついたと告げられたのだ。

「お前様は、私がここでもっとも信頼しているゆえに、私の口から直接伝えようと思ったのじゃ。聡明《そうめい》なお万なら、わかっているはず。すべては徳川《とくがわ》家のためじゃ」

お福様と玉が話をしているところなど見たこともない。けれど、玉ならば、上様が気にいられるというのも理解できた。お福様は、とにかく上様の世継ぎとなる子が、ひとりでも多く欲しいのだ。

「お万の方様はご存じないでしょうが、お玉は最初から上様のお手付きになることを狙《ねら》って、何かにつけてお福様に近づく機会を窺《うかが》っておりました」

玉と同じ部屋子の中には、私にそう言ってくる者もいた。

「お玉はそのような娘ではない」

「……玉は、お万様と、他の者の前では、態度が違いますゆえ」

と、その娘は、悔しくてたまらないといった風情《ふぜい》で口にした。

「八百屋の、下賤《げせん》な生まれの娘のくせに——」

そうこぼした者がいたときは、さすがに「そのようなことを申すでない。上様とお福様を貶《おとし》めるふうに捉《とら》える者もいるかもしれぬ。決して二度と、口にするでない」ときつく咎《とが》めた。

「お万様が上様と仲睦《むつ》まじくされているのを知っている私どもからしたら、悔しくてなりませぬ。玉は、幼い顔をしておりますが、あれほどしたたかな者はおりませぬ。お福様が、父上様と粟田口の話をされたとき、『あまりにも悲しくてこらえきれません。お福様が気の毒でなりませぬ』と、わんわんと泣いたそうですが、なんとあざとい女でしょうか」

いつのまにお福様と会っていたのかと驚いたが、正直、私自身は、責めるような心持にはならなかった。

それよりも、玉が心配であった。いつまでたっても少女のような玉、子どものようににこにこ笑い、あまりにも無邪気で純真な玉が、誰かに傷つけられることがなければいいが。

私にできることならば、なんでもしてやりたい——とも。

玉が私のもとを離れ、上様の側女として部屋を持つことになり、挨拶に訪れる日がやってきたとき、お福様も、同席なさっていた。

「お万様——今まで、本当にお世話になりました。おそれ多くも可愛《かわい》がっていただいて、感謝しております」

申し訳ないと思っているのか、大きな目に涙をため、玉は、途切れ途切れに言葉を発して、深く頭を下げる。

罪の意識を感じているのが見てとれて気の毒になったが、お福様は全く表情を変えず、有無を言わせぬ眼差《まなざ》しでそれを眺めている。

可哀《かわい》そうに、上様もお福様もこんな幼げな娘を――と痛々しくもあった。

「玉、いつでも、何かありましたら、私のもとに来るがいい。力になろう。私はそなたを妹のように思っているのですから」

と口にすると、玉はやっと笑顔を見せて、「はい」とだけ答えた。

玉が私のもとを離れてまもない頃から、上様は私のところに来ても、ただたわいもない話をして、添い寝だけを望むようになった。

玉だけではなく、側女が増えて、上様は疲れているのだろうと察していた。それでも、自分のところに訪れてくれるだけ、ありがたい。

上様と肌を重ねることはなくなったけれど、「民が飢饉《ききん》で苦しんでおるが、どうしたものであろうか」「将軍といっても、すべて世を動かすのは老中たちで、おかざりでしかないわ」などと、こぼされるのを聞いてもいた。

そして上様は、いつも「このような話ができるのは、お万だけじゃ」と、言ってくださる。

「何故か、はじめて会ったときから、お万といると、安らぐのだ。周りはわしをどう動かすか、それのみを考えている者ばかりだからな――生まれながらの将軍は、幕府の駒《こま》に過ぎない」

そんなこともおっしゃっていた。

最後には、必ずこうも口にされた。

「わしがお万に話すことは、お福には内緒だぞ」

上様はお福様を誰よりも信頼されてはいるけれど、一番恐れているようにも見えた。

民が飢饉で苦しんでいる頃、おまさという上様のお手付きが、男児を産んだ。しかし、そのすぐあとより、お福様はお痩《や》せになって、寝込むことが増えていた。上様も、お福様のことをひどく気にされ、大奥に来られるたびにお見舞いに立ち寄られていた。

お福様が床から出られなくなり、私も呼ばれた。

「私はもう長くない。万、大奥を、上様をお前に託します。なにとぞ、なにとぞ、徳川家の、上様のために」

そう懇願された。

私は、とうとうそのときが来たのだと覚悟を決めた。

次第に話をするのもつらそうになったが、誓いを立てたからと、決して薬を飲もうとされなかった。

「私の命は上様に差し上げたのですから——」と、繰り返し唱えておられた。

上様が見舞いに来られると、まるでそれを待ち受けていたかのように、「お福は、もう思い残すことはございません。あの世にいっても、上様を見守り続けておりますから、どうか心配なさらずに」と告げて、すっと眠るように息絶えられた。

上様の嘆きようは、のちの語り草となった。古くから仕えている者たちは、「上様は、実の母であるお江《ごう》様が亡くなられたときや、父の秀忠様のときも、あのように嘆かれることはなかった」と、口々に言った。私のもとに来られても、私の顔を見た瞬間、泣きだされ、一晩黙って背中をさすっていた夜もあった。

そして、私も以前、耳にしたことがある「噂」が、再び人々の口にのぼるようにもなった。

上様は、実はお江様ではなく、お福様の子である。秀忠公が、お福様に手をつけられ生まれた子で、だから上様は生前にお江様に疎《うと》まれ、弟の忠長《ただなが》様のほうが可愛がられていたのだ——。真偽のほどは、わからない。確かなことは、実の親子以上に、上様とお福様が深く結びついていた事実だけだ。

翌年は、お夏《なつ》の方が、上様の子を産んだ。男の子であったので、お福様が生きておられたら、さぞかし喜ばれたであろうと皆は言った。

その後、玉が男児を産んだ。翌年にはお里佐《りさ》の方も男児を産んだが、すぐ亡くなった。また同じ年に、亀松《かめまつ》と名付けられたおまさの子も死んだ。

玉が男子を産んだと聞いたときは、顔を見たくて、たまらず様子見に伺った。お福様に大奥を託された身としては、玉の子の面倒も見てやらねばと思っていた。

「玉、大儀であった。上様の子を産むという大役を成し遂げ、あっぱれじゃ。さぞかし疲れもあったことであろう」

私がそう言うと、玉は相変わらず丸い顔をして、赤子を抱いたまま、「おそれ多いことでございます」と、答えた。

子を産んで母となり、玉はさらに血色がよくなったようで、肌が艶々《つやつや》としている。生まれて三月にもならぬ玉の子は、どちらかというと上様より、玉に似ているような気がした。顔がまるまるとしている。

た。

「身体の具合は、どうじゃ。産後の肥立ちはよかったのか」

私はそう聞いたが、玉は子どものおくるみに顔を埋め、「はい」と答えただけだった。

「お万様、我が子というのは、可愛らしいものでございますね」

顔をあげた玉は、にこやかな笑顔を見せて、そう口にした。

自分は我が子を胸に抱いたことはないから、わからないとは思ったけれど、「お玉が元気そうで何よりじゃ」と、内心の戸惑いを隠して、そう伝えた。

玉は再び、おくるみに顔を埋め、赤子に自分の頬を押し付けているようだった。

「赤子は、いい匂いがします。一日中、こうしてそばにいても、飽きませぬ」

玉が酔いしれたように言うので、「私にも抱かせてくれぬか」と、頼んだが、「申し訳ありませぬ。この子はひどく人見知りでして、私以外の者がふれると、泣きわめくのです」と、返された。

私は戸惑いながら、「そうか、何か不自由があれば、申すがよい」と、口にして、部屋に戻る。長居はできぬと判断した。

あれだけこちらの機微を察してくれた娘だったのに——どうにも話がかみ合わないが、子どもを産んだばかりで、子どものことしか考えられなくなっているからだろうか。それでもいい。玉と、玉の子が、健《すこ》やかであればいいと、私は自らに言い聞かせる。

将軍の子は、次々に亡くなる。

亡くなってしまうから、上様は次々に女をお手付きにし、子を生《な》さなければならない。

だから、生まれた子は大事にせねばならない。

「わしはもう老いた。あとは死ぬだけじゃ」

上様が私の部屋を訪れ、そう口にするようになったのは、玉が男児を産んで間もない頃からだろうか。

上様はお疲れだ――私は、上様が四十を越えた頃から、そう感じていた。

「もう、女はよい、女はいらん」と、うなされたように口にすることもあった。本当はこの方は、ずっと女など、好きではないのではないかと思いもした。

上様は、徳川という牙城《がじょう》を保つための石垣のひとつに過ぎない。自由などなく、お福様が送り込んだ女を、子を作るために抱くことを繰り返すだけだ。

そのうちに、玉と顔を合わせる機会は、なくなった。訪ねようかとうかがっても、臥《ふ》せっているから遠慮したいと続けて拒まれ、なんとなく会いづらくなったのだ。同じ大奥にいても、ただ人づてに様子を聴くしかできない。

上様の三男の母である、お夏の方とうまくいっていないという話も耳にした。お夏の方は、玉の身分の低さを罵《ののし》っていると聞く。そういうお夏様だとて、もともとは身分の低い立場ではあるのだが、だからこそ、同じく上様の子を産んだ女として、許せないところもあるのだろう。

ふたりとも、子を産みはしたけれど、お楽様がお産みになった家綱《いえつな》様が世継ぎとしてすでにいらっしゃるので、自らの子の先行きが気になるに違いない。似た立場だからこそ、意識しあうのだ。

その点、私は安全だった。子を産んでいないからこそ、それらの女同士の諍《いさか》い事に巻き込まれることもない。子がいる幸せを味わえないかもしれないが、子がいるゆえの苦しみから逃れられる――心がざわつくたびに、常に自分にそう言い聞かせていた。

まるで魂を失ったかのように、上様は、お福様亡き後、急に老いた。そして慶安四年――お福様の死から八年後――上様も四十八歳で亡くなった。悲しくはあったが、これで上様は将軍であることから逃れられるのだと、どこかホッとしていた。

私は二十八歳になっていた。将軍の室は本来なら出家し大奥を離れるはずだったが、私は大上﨟となり「お梅《うめ》」と名を変え、残ることになった。玉は出家し「桂昌院《けいしょういん》」となり江戸城を出て筑波山知足院《ちそくいん》に入ることとなった。

江戸を去る際、玉が挨拶に来た。正面からこうして顔を合わせるのは、玉の子が生まれて間もない、あのとき以来だ。

玉はやはり、変わらなかった。上様が亡くなっても、やつれている様子はない。

「お万様、お世話になりました」

そう言って、玉は頭を下げる。

「玉、どうか元気で。上様のお子を支えておくれ」

「もちろんでございます」

その声に、どこか勝ち誇った色を感じたのは、気のせいか。

翌年には、四代将軍となった家綱公の母であるお楽の方様が、亡くなった。もともと病弱で、特に子を生してからは寝込んでおられることが多かった。世継ぎを産むということは、それなりに心労もあったのだろう。

正室である孝子様は、結局、大奥を出て中の丸におられるままで、最後まで上様と交わられることはなかった。

私は、お福様から引き継いだ大奥をしばらくの間取り仕切ったが、そのうち、家綱公の乳母である矢島局《やじまのつぼね》に仕事を譲り、ひっそりと身を引いた。現将軍ゆかりの者が中心になったほうが、周りもやりやすいと考えた。矢島は、毀誉褒貶《きよほうへん》のある女ではあったが、私に対しては丁寧で、ときに意見を伺いにも訪れ、頼りにしてくれているようであった。しっかりした女で、安心もしていた。

肩の荷をおろし淡々と過ごしていたところ、明暦三年には大火事で、江戸城の本丸が焼失した。幸い、将軍も大奥の者も無事であった。

私は避難したのをきっかけに、もう潮時であろうと、そのまま江戸城には戻らず、小石川無量院《むりょういん》に住むことになった。

玉の産んだ徳松《とくまつ》は、明暦の大火のあとで、館林《たてばやし》藩の藩主となり、名も「綱吉《つなよし》」となった。

玉からは何の便りもなかったが、平穏に暮らしているのなら、それでいいと思っていた。

けれど思いがけず、玉は大奥に戻ってくることとなる。

家綱公には、結局、世継ぎができなかった。子を何人か生したものの、皆、幼くして命が尽きた。周りが右往左往している間、家光公と同じく五十になる前に、亡くなった。

家綱公も上様と同じく、次々に女をあてがわれ、子を授かるようにしむけられたが、そもそも、男はそのように、生涯に多くの女を愛せるものだろうか。男が複数の室を持つことは、将軍に限らず当たり前だとされる。上様の父親である秀忠公のように、側女を持たぬ者のほうが珍しいぐらいだ。

けれど、世継ぎを残すために次から次へと女の閨《ねや》に参らねばならないのは、苦しみではなかろうか。若い頃ならともかく、ある程度の年を経たら、身体も無理できぬであろう。将軍は、昼も夜も休めぬのが、気の毒であった。

家綱公のあと、五代将軍を誰にするかという話し合いは、老中の間で、かなり紛糾したという。結局、上様の血をそのまま継ぐものとして、館林藩主となっていた、綱吉公にさだめられた。

そうして、綱吉公が江戸城に入り、その母である玉も大奥に戻ってきたと聞いた。

家光公が亡くなり、玉が大奥を出てから、三十年近くになる。

ふと、会いたくなった。同じ江戸にいるのだし、話し相手になってやりたい、とも。

大奥にいた頃は、玉に避けられているような時期もあったが、もうあれから長い年月が経《た》っている。

大奥には、先代家綱公の時代の女房たちもいて、やりにくいと思うこともあるだろう。

また、綱吉公の正室である鷹司信子《のぶこ》様とは、折り合いがよくないとも聞く。同じ京都の女だが、生まれが違うと、難しいこともあるに違いない。玉は、信子様への当てつけのように、自分の身の回りの世話をしていたお伝《でん》という娘を綱吉公の側女にして対立を深めているとも耳にする。

もっとも綱吉公と信子様は、子はいないけれど仲が睦まじいらしく、そこは家光公と御台所であった孝子様との大きな違いだ。

孝子様も、上様亡きあとは出家され、本理院《ほんりいん》と称されたが、数年前に亡くなってしまった。自分と同じく上様に仕えていた女たちも、生きている者は、だいぶ少なくなった。上様の思い出を語り合えるのは、もう玉しか残ってはいない。それに、同じ将軍家を支える女として、玉の幸福を願いたかった。

私は玉にあてて手紙を記したが、返事はなかった。

「『生類憐《しょうるいあわれ》みの令』でございます」

最近、寺の外の犬の声がうるさい、野犬が増えているのではないかと、機嫌伺いにきた医者にこぼすと、医者はにがにがしい表情を隠さず、そう答えた。医者は大奥にも出入りをしていて、長いつきあいだ。

「それはなんじゃ」

「おそれながら申し上げます。上様が発布された、お犬様をはじめとした動物を傷つけてはならぬ——という令でございます」

「なんと」

「正直申しまして、江戸の民は困り果てております。犬が人の飯を盗み食いしても、咎めることはできない。人のほうが罰を受けるのです」

「なぜ、そのような愚かなお触れを綱吉公……上様は出されたのだ」

医者は最初は口にするのを躊躇《ためら》っていたが、「他言はせぬ。申してみよ」と言うと、口を開いた。

「上様のご母堂であります桂昌院様は、もともと仏道に帰依《きえ》され信仰心の篤い方ではありますが……上様に世継ぎができぬのは、信仰心が足りないのだと、生きとし生けるものすべての命を大切にするべきだと、そのように犬畜生を守る令を出すように申されたのです」

「上様はそれを受け入れられたのか」

「……上様は、桂昌院様の言われるがままに動く方です」

「誰か、うしろで糸を引いているものがあるのではないか」

「さすが永光院《えいこういん》様——。桂昌院様は江戸に戻られてから、隆光《りゅうこう》という僧に傾倒しておられ、しょっちゅう隆光の寺に参拝しておられます。このたびのことも、隆光が己の力を世に知らしめるために桂昌院様を使われたのだともっぱらの評判でして」

玉はそのような愚かな女ではなかったはずだ——と口にしかけて、やめた。もうずいぶんと、玉とは顔を合わせていないのだ。長い歳月、人が変わることだって、あるだろう。

「それだけではございません。桂昌院様は、京の寺社を、次々と復興させておられます。幕府の金を湯水のようにつぎ込んでおられて、江戸の民は、食うものもロクにないのに、遠く京都の寺を豪華にしていることに不満を募らせております」

「京の寺社を？」

「はい。ご自身が京で生まれ育ったゆえに、京には愛着が深く……上様は桂昌院様のことが最優先で、老中が咎める声も聞き入れませぬ。上様は、京都の寺社と、お犬様が、人より大切なのだという声が多く、『犬公方』と称する者まで……」

「犬公方となる」

天下の将軍がそのように馬鹿《ばか》にされているのかと呆《あき》れたが、だからと言って大奥を離れた自分が何をできるわけでもない。

そう言い聞かせたが、その夜は眠れなかった。

やっと寝付いたと思ったら、夢に懐かしい顔が現れた。

お福様だ。

最期《さいご》のほうのやせ細って力を失ったお福様ではなく、私が最初に出会った頃の、上様と将軍家を背負っているのだという自負で光を放っていた、お福様。

「お万——私はそなたに将軍家を託したのですよ」

お福様は、有無を言わせぬほどの強い眼差しを、私に向けた。

ああ、この目だ。

逆らうことなど、許されない。

「母」としての自信に満ちた、この目。

私はずっと、お福様にひれ伏し、従ってきたのだ。

そのことを思い出した。

私は朝、目を覚まして、自分の目が濡《ぬ》れているのに気づいた。お福様との、過去の様々なやりとりが思い出されたのだ。

お福様は、亡くなってからも、私たち大奥の女を支配している——。

「永光院様から、桂昌院様に、どうにか言ってもらえぬでしょうか」

久しぶりに訪ねてきた稲葉正則《いなばまさのり》は、すっかり老《ふ》け込み禿《は》げ頭となって、歩くのも大儀そうではあった。けれど、どうしてもと言って、やってきたのだ。

稲葉正則は、お福様の孫ということもあり、私が大奥を取りしきっていた頃には、幕府の窓口となり、女たちの待遇にも配慮してくれた。久しぶりに御挨拶に伺いたいと訪れた際に、「お願いがございます」と頭を下げられた。

「私は大奥を離れた身。何を言うことができましょうか」

「今、桂昌院様がお聴きになるのは、隆光という僧の話だけです。このままでは、あの僧が江戸城まで入り込んでくるのではないかと、皆、懸念《けねん》しております。それだけではなく、江戸の民の不満が溜《た》まっており、由比正雪《ゆいしょうせつ》の乱、島原の乱のようなことが起こらないかと、心配する者も……。幕府は盤石《ばんじゃく》ではなく、少なくとも、家光公が将軍であった頃のような力は、ございません。他にも上様の所業には、目を覆うものがございます。先日、側用人の妻と娘を所望され、その娘の夫が自刃《じじん》したという話も広まっており……そのわりには、世継ぎに恵まれぬのです」

老中の話によると、綱吉公は寵臣《ちょうしん》の牧野成貞《まきのなりさだ》の妻・阿久里《あぐり》に手をつけ、その娘で夫もある安子《やすこ》までを手籠《てご》めにしたという。その夫は憤慨し、切腹をしてしまった……。

そんな話が、おもしろおかしく江戸中に広まっているらしい。

「なんと……」

「最近では、犬公方様は、やたらと盛りがついて女を手当たり次第漁《あさ》るのも、犬同然だ――とまで申す者が、江戸城内にもおります」

「……お玉は、それを止めぬのか」

「桂昌院様は、幕府がどうなろうと関心はないのです。ただ隆光の言いなりになっているだけで、他の者の言葉を聞き入れる様子はございません。奈良の時代の、称徳帝《しょうとく》と弓削道鏡《ゆげのどうきょう》の話にたとえる者もおります。女帝が一介の僧侶《そうりょ》の言うなりになり、ミカドの座につかせようとした話に――。どうか永光院様、桂昌院様に、お言葉をかけていただけないでしょうか」

「私に、何ができるであろうか」

「我々は僅《わず》かな頼みの綱にすがることしかできませぬ。老いたこの身ではありますが、最後のお願いでございます」

正則が、深く頭を下げる。禿げ上がった頭は、月代《さかやき》もわからぬほどであった。

とっくに大奥を退いた自分にここまで頼み込む男が、ひどく憐れに想えた。

私の脳裏に、夢で見たお福様の顔が浮かんだ。夢を見たあとに、お福様の血を継ぐ稲葉が自分の元に訪れたのは、偶然ではあるまい。

これが最後の奉公だ——と、私は腹を決めた。


家光公の供養《くよう》という名目で、江戸城で玉と顔を合わせる段取りをつけさせた。異例のことではあるが、家光公の名を出せば玉も断ることはできないだろう。

そうして当日、私は輿に乗り、江戸城の門をくぐる。普段、ほとんど外に出ることもないので、輿のゆれにめまいがした。もう自分は若くないのだと、今さらながら思い知る。鏡を見るたびに、皺《しわ》だらけの老婆《ろうば》の姿しかなく、大奥で上様に愛された「お万の方」はもういないのだと思う。

一度、大奥を退いた身であり、奥へまかりいることはさすがに遠慮して、拝謁の間で老中と共に待っていると、「桂昌院様のおなり」と声がかけられ、襖《ふすま》が開く。

「まぁ、お万の方様、お久しぶりでございます」

部屋に入ってきた玉を見て、私は自分の目を疑った。

尼僧《にそう》の姿ではあるが、昔の面影そのままの、玉がいた。

これはどういうことだろうか。自分と年は三つしか変わらず、もう六十のはずなのに、玉はまるで娘のようだ。いや、よく見ると、目もとに皺はあるが、それでも若々しい。

私が知る、大きな目をくりくりさせた、子どものような玉だ。

「お元気そうで何よりでございます。あれこれ忙しく過ごしておりまして、便りもできぬご無礼を、お許しください」

玉はそう言って、頭を下げるが、声も若々しい。

ふと老中が最後に口にした、隆光と玉の「噂」がよぎる。これは男に愛されている自信に満ちた女が発する輝きだ。かつて、自分が上様のご寵愛を受けていた頃のように——。

「玉は達者にしておったか。上様も」

「はい。おかげさまで、仏様のご加護により功徳《くどく》を積んでおりますので、見ての通り元気でございます。上様におかれましても、ご健勝でございます」

ならば、なぜ子どもに恵まれぬのじゃ、漁色の限りを尽くしておるという噂なのにとは思ったが、もちろん口にしない。

「京の寺を、次々と復興しているそうな」

「はい、私は京の女ゆえ――お万様のお供をして、江戸に参りましたが、心はいつも京にあります。この国の都は、京ですから、京の街を寂れさせてはならぬ、それが私の使命でございます。お万様は、京のことを懐かしまれないのですか？」

玉に問われて、私は一瞬、言葉に詰まった。確かに自分は京の生まれではあるが――。

「遠い昔の話ゆえ――」

「そうでございますか。私は、本当のところ、江戸にはいまだに馴染《なじ》めぬのでございます。いっそ、幕府ごと、京に戻ってしまえばいいのになどと、上様に冗談で申しております。せめて、私が死んだら、墓は京に作ってもらいます。うふふ……」

何がおかしいのか、玉が笑う。

幕府ごと京に戻ってしまえばいいなど、冗談にもならない。よくもそんなことを軽々しく口に出せるものだと呆れた。

「私が幼い頃に遊び場にしておりました今宮神社も、修復させました。近くに住む者たちが、大喜びしておると聞きました。京の者たちがそのように喜ぶのなら、私はもっともっと功徳を積みたいと思っておりますの」

「けれど、朽ちている寺社は、京都だけではないであろう」

私がそう言うと、玉は何を言っているんだとばかり、目を見開く。

「お万様、京は都でございます。特別な場所です。私もあなたも誇り高き、京の女ではありませぬか。京の街そのものを復興させなければなりませぬ」

将軍家よりも、京のほうが大事なのか——そう言いたい気持ちを、私は堪《こら》えた。

「……おぬしのことは、離れてからもずっと気にかけておった。慣れぬことばかりで、苦労もしたであろう」

そう口にすると、玉はやはり笑いがこらえきれぬといったふうに、口元を押さえる。

「いいえ、お万様。私は苦労などしたことはございません。お万様はじめ、大奥の方たちは、私が京の下々の娘ゆえに、江戸のしきたりなど知らぬと思っておられるでしょうけれど……私は家光公のお子を授かり、何不自由なく暮らしてまいりました」

笑みを湛《たた》えているはずの玉の目が、鈍い光を放っている気がした。

「私は、将軍の母でございます。聡明なお万様は、まさかそのことをお忘れではありますまい」

そのとき、私は初めて気づいた。笑顔のまま自分を見下す玉の冷たい眼差しに。

「私は、お福様より、将軍を産むようにと使命をいただいた身です。そしてその役目を果たしました。お福様の願いを叶《かな》えたのでございます。お福様の願い、それは上様、また神君家康《いえやす》公の願いでもありましょう……お万様には、おわかりにならないかもしれませぬが……」

将軍の子を産んでいない女は黙れ——と言いたいのか。

玉は私を咎めてもいるのだ。

いつまで自分の部屋子扱いをするのか——と。

そう、確かにその通りだ。

いつまでも私は玉を「妹のよう」だと思っていたけれど、それだけ下に見ていたのだ。

私は言葉に詰まった。

「私はお万様には、誰よりも感謝しております。お万様あっての、玉でございます。お万様が大奥に入られなければ、玉はここにおりませんから。ただ——お万様に心配されるようなことは、ございません」

玉はそう言って、口角をあげ、笑顔を作った。

この目には、見覚えがある。「母」であるという自信に満ちた、お福様の眼差しと、同じだ。私はあの目に見据えられると、抗えなかった。

将軍は、江戸の幕府は私のものだ、お前の出る幕ではない——と、その目は訴えていた。

力にはなれなかった、すまないと、内心で稲葉正則に詫《わ》びながら、私は小石川に戻った。

もう二度と玉に会うことはない。会いたくもないし、二度と自分は大奥に関わることはないだろう。

その夜は本堂に籠り、観音菩薩《ぼさつ》に手を合わせた。実のところ、とりたてて信仰が深いわけでもない。ただ義務のように朝晩、手を合わせているだけだ。

縋《すが》れたら楽だったかもしれない。本来ならば、私は一生を仏に捧げるはずだった。江戸城を出て再び仏に仕えたが、幼い頃のように心から信奉し救われるとは思えなくなってしまった。それはきっと、大奥で余計なものを見過ぎたのだ。救えず変わらない、人の心を。憎しみや妬《ねた》み、そして執着を——。

人は仏には救われぬのに、どうして手を合わさずにいられないのか、自分でもわからない。

将軍の母として誇らしげに自分を見下す玉の、艶のある顔が頭から離れない。

玉は私を母になれなかった女だと思っているだろうが、違う。

私がこの道を選んだのだ。


あれは大奥に入って、ひとつきも経たぬ頃だ。

「お万、上様に仕えるおぬしに、ひとつ話しておかねばならぬことがある」と。

すでにお福様には絶対に抗ってはいけないと悟っていた私は、「なんでございましょうか」と、問いかけた。

「どんなにお召しがあっても、子を生してはならぬ。京都の公家や宮家の血を継ぐ女が、将軍の子を孕《はら》み、皇室や公家が力を持つのは、幕府にとっては脅威にしかならぬ。将軍の子を産むのは、下賤な女だけでよいのじゃ」

お福様はそう言って、紙包みを渡そうとする。

それが何の薬であるかは、すぐに察したが、手が伸びなかった。

背中が、ひんやりとした。

おそろしいところに来てしまったのだと、初めて思った。

「孝子様にも、最初にこの話をしたが、機嫌を損ねたようで、奥を出られてしまってな」

それはそうだろうと、私は思った。

京から来られた身分の高い方が、自分以上に恐怖を感じたであろうことは、想像できる。

「おぬしは、孝子様と違ってものわかりがいい女のはずじゃ。だから私は、そなたを上様に引き合わせたのだ」

お福様は淡々と、話す。

「もしも、お福様は、私に子が生まれたら、どうなさるつもりですか」

私が問うと、お福様はにこりともせず、口を開く。

「聞かずとも、察するがよい。すべては徳川家のためじゃ。徳川家を盤石なものにするためには、京の高貴な血を混じらせてはならぬ」

その強い口調にひそむ意志に引っ張られるように、私は手を出して、紙包みを受け取った。

孕んだ子を流す薬があることは、知っていた。

「万、頼むぞ。上様は賢明なそなたを可愛がることだろう。子どもなど産まずに、将軍様のために、この大奥を守るのじゃ。そなたの親や兄弟にも、存分な礼を尽くしてやろうぞ、安心せい」

私は深く、頭を下げた。

指先が震えているのが、わかる。

お福様の思い通りにふるまえば、親や兄弟を厚遇してやろうということは、つまりは逆らったら、一族もろとも――という意味でもある。

のちにお福様が、玉に目をつけ、上様のお手付きになったと聞いたとき、「将軍の子を産むのは、下賤な女だけでよいのじゃ」というあの言葉を思い出した。

世継ぎだった家綱公の母であるお楽様は、罪人の娘であった。けれど、それならばお福様とて、「罪人の娘」という下賤な者であるはずだ。

いや、だから、なのか。

「うるさい者が多いから、幕府は京の顔を立てねばならぬのじゃ。これからも、将軍の御台所には、公家の娘を迎えるであろうが、世継ぎを産ませてはならぬ。もしも生まれたならば――」

お福様は何故か笑みを湛えておられた。勝ち誇ったような、笑みを。

どうして、玉といい、おかしくもないのに、笑うのだろう。

「お万、上様の母上であるお江様はな、上様を私に奪われたと思っておられて、大御所様――家康公の意に背いて、ご自分の手元で育てた忠長様を将軍の座につけようと画策された。母であると、子どものためなら見境がなくなる。怖いのぉ」

お福様はそう口にした。

誰よりも母であるのは、あなた様ではないか——と、私は言いたい気持ちを抑える。

母になることは、おそろしいことだ、だから母にならなくて正解なのだと、あのとき、初めて思ったのだ。

今こうして目をつぶり仏に手を合わせていても、一度だけ上様の子を孕んでしまった際に、お福様から受け取った薬を口にしたときの、身体が引き裂かれるかのような痛みが蘇《よみがえ》る。

忘れよう、忘れてしまいたいと、何十年も願っているのに、離れない記憶が心を打ち、苦しい。

身体の奥から何かを引きずり出される、地獄の焔《ほのお》に焼かれたようなあのときの熱は、死の間際まで忘れることができないであろう。

「それでも母にならなくてよかったのだ」と、私はいつのまにか経を唱えるように、口にしていた。

あのときの痛みや苦しみが蘇るたびに、空洞の腹に手を当て心の中で繰り返して生きてきた。

母にならず、よかった――と。

そう思うことでしか、救われなかった。

まぶたを開けると、目の前の観音菩薩が、慈愛をたたえた眼差しを私に向けていた。

何故かその表情が子を愛《いとお》しむ母を想《おも》いおこさせ、私はおそろしさに再び目を閉じた。

解説

細谷正充

花房観音の作品といわれてすぐに思い浮かぶのは、「官能」「ホラー」「京都」であろう。周知の事実だが作者は、二〇一〇年、第一回団鬼六賞大賞を「花祀《はなまつ》り」で受賞し、官能小説家としてデビューを果たす。現役のバスガイドということもあり、多くの人の注目を集めた。以後、官能小説を執筆すると同時に、ホラー小説も次々と上梓《じょうし》。また、京都に強い愛着を持ち、多くの作品で京都を舞台にしているのだ。

しかし一方で作者は、ミステリーや時代小説も発表。ジャンルは多彩なのだ。「花祀り」に関しても、それまで官能小説を書いたことはなく、大好きな団鬼六が選考委員のひとりだったから挑んだとのこと。また受賞するまでに、自分で書けないジャンル以外の新人賞をリストアップし、片っ端から投稿していたという。学生時代には漫画家になりたくて投稿をしていたというから、物語を創《つく》ることそのものが好きなのだろう。

そんな作者は、子供の頃から歴史小説ばかり読んでいたそうだ。「月刊ジェイ・ノベル」二〇一二年九月号に、受賞後第一作となる『寂花《じゃっか》の雫《しずく》』の刊行を記念して、作者と桜木紫乃の対談が掲載された。そこで作者は、

「昔から歴史が大好きで、司馬遼太郎『竜馬がゆく』や山岡荘八『徳川家康』、それに吉川英治、池波正太郎、山田風太郎など、いろいろ読んできました。それはバスガイドの仕事にすごく役立っていますし、ほんとは歴史小説を書きたかったんです」

と語っている。花房作品を読めば分かるが、歴史の知識が随所で披露されている。二〇一三年に、『おんなの日本史修学旅行』という歴史関係の本（エロネタ大盛り）、一七年には時代小説『色仏』『半乳捕物帳』を出版している。こうした著作の根底に、作者の歴史小説志向があったように思われてならない。そしてその志向は、歴史時代小説をまとめた、文庫オリジナル短編集『京《みやこ》に鬼の棲《す》む里ありて』——すなわち本書から、より強く感じられるのである。

「鬼の里」（「小説新潮」二〇二二年十一月号）

タイトルになっている〝鬼の里〟とは、京都にある八瀬《やせ》の里のこと。八瀬童子と呼ばれる一族の棲む集落だ。八瀬童子についての詳しい説明は、作中で書かれているので省く。かつて、隆慶一郎の『花と火の帝』で取り上げられたことで、歴史時代小説ファンに広く知られるようになった。私も隆作品で知り、こんな興味深い歴史を背負った一族がいたのかと、驚いたものである。

ところが作者の描き出す室町時代の八瀬の里は、なんとも息苦しい。主人公のかやの置かれた境遇のせいだろうか。親にいわれるまま、阿呆《あほう》の千太《せんた》の嫁になる。しかし、子供ができず石女《うまずめ》扱いされ、里の女たちを避けている。性欲の激しい夫とのセックスも、どちらかといえば苦痛。鬼の子孫だという一族の伝承に誇りも持てず、一生、この里から出ることはないと諦《あきら》めている。

そんなかやが、貴人の寵愛《ちょうあい》を受けているという女の世話をすることになる。比叡山《ひえいざん》に上る貴人と、里で合流するらしい。しかし実際に現れたのは、夜叉丸《やしゃまる》という美しい男であった。深い鬱屈《うっくつ》を抱えた夜叉丸と、心を響き合わせたかやは、ある決断をするのだが……。

作中でかやが夜叉丸に対して、「この人は紛れもなく人間だ、玩具《がんぐ》などではない」と思うシーンがある。その思いは、自分自身にも向けたものであろう。こういう文章に出会うと、作者の巧《うま》さを感じる。ただしストーリーは、そこから二転三転し、読者を翻弄《ほんろう》する。実在人物の間接的な使い方や、千太を単なる憎まれ役にしなかったところも達者。読みごたえのある作品なのだ。

「ざこねの夜」（「ｙｏｍ　ｙｏｍ」二〇二三年六月十四・二十一・二十八日号）

下世話にいうならば、淫乱《いんらん》女の一代記である。京都の村で暮らすふみは、少女の頃から体の疼《うず》きを抱え、男女のまぐわいに興味津々《しんしん》。十五歳になると、江文《えぶみ》神社で節分の夜に行われている「大原の雑魚寝《ざこね》」に参加する。男女が集まり、堂の暗闇《くらやみ》の中で、自由にセックスをするのだ。このような共同体におけるフリーセックスは、村祭りの夜など、さまざまな形で日本各地に存在していた。さて、このときの体験で、セックスのことしか考えられなくなったふみ。幾つかの騒動を経て家を飛び出し、京の都で遊女になるのだった。

傍から見ればふみの人生はメチャクチャである。しかし自らの欲望に忠実な生き方は、どこか気持ちがいい。色狂いの果てに聖性に至ることもなく、ラストまで生臭い女の姿のままのヒロインが、いっそ痛快だ。さらにふみの人生に、ある有名な戦国武将の人生を掠《かす》らせているのが、本作の妙味になっている。その戦国武将の述懐が、ふみの生き方と重なり、深い味わいとなっているのである。

「朧《おぼろ》の清水《しみず》」(「小説新潮」二〇二三年十一月号)

フィクションの要素もあるが、かなり歴史小説寄りの作品といっていい。物語の語り手は、京都の北東、大原の里にある寂光院《じゃっこういん》で暮らす、建礼門院徳子《けんれいもんいんとくこ》に仕える阿波内侍《あわのないし》だ。平清盛《たいらのきよもり》の娘で、高倉帝に嫁ぎ、安徳帝を生んだ徳子。だが平家滅亡後は、隠遁《いんとん》生活を余儀なくされている。淡々と過ぎていく日常。しかし阿波内侍には、ふたつの引っかかりがあった。ひとつは徳子が何を考えて生きているのかという疑問。そしてもうひとつは、かつて寵愛を受けた崇徳《すとく》上皇の夢を、何度も見ることだった。

作者の「寂花の雫」は現代小説だが、大原を舞台にして、徳子の話を下敷きにした内容であった。昔から徳子へ関心を抱いていたのだ。それが本作へと結実したのであろう。しだいに明らかになる、徳子と阿波内侍の絶望の内実は違う。だがそんな違いは、ここでは意味をなさない。絶望は絶望なのだ。徳子が朧月夜にわが身を映して嘆いたといわれる〝朧の清水〟を使い、作者はふたりの絶望の深さを、鮮やかに表現してのけたのである。

「愚禿《ぐとく》」（「小説新潮」二〇二三年一月号）

本作の主人公は僧である。そして、性欲と煩悩《ぼんのう》にまみれた童貞野郎でもある。子供の頃から性欲が強く、修行僧になっても一向に収まらない主人公。二十年いた比叡山を降りて、洛中《らくちゅう》の頂法寺《ちょうほうじ》で百日参籠《ひゃくにちさんろう》を始める。だが、夜になると堂の前に竹筒に活《い》けた花を置く女がいることで、主人公は惑乱するのだった。

これが童貞力というべきか。百日参籠の最中だというのに、性欲を持て余し、煩悩と妄想を炸裂《さくれつ》させる主人公が、おかしくも切ない。と、ニヤニヤしながら読んでいたら、ラスト三行で、予想外のオチが付く。これにより童貞野郎の物語が、史実へと転じるのである。うわっ、やられた。花房観音でなければ書けない逸品だ。

「糺《ただす》の森」（「小説新潮」二〇二三年四月号）

糺の森の南端に面し、代々社家として賀茂御祖神社《かもみおやじんじゃ》に仕える家に生まれた高安《たかやす》。順当に家を継いだが、妻との間に子が生まれない。賀茂氏の陰陽師《おんみょうじ》（安倍晴明《あべのせいめい》の名声に押されて、他の陰陽師の知名度が低いという設定が愉快）に見てもらうと、井戸に女が憑《つ》いているとのこと。高安は、過去に妊娠した女を捨てたことを思い出す。しかも、捨て方が最悪。糺の森で神の言葉を聞いたと嘘《うそ》を吐《つ》き、腹の子の父親が別人だと決めつけたのだ。

　数日後、陰陽師は井戸から女の気配が消えたという。だがその半年後、妻が妊娠した。捨てた女を思い出して憂鬱《ゆううつ》になった高安は、その間、妻には手も触れていなかった。腹が大きくなるにつれ、捨てた女に似てきた妻に、高安は恐れおののく。

　優れた時代ホラーである。嘘偽りをただすという糺の森や、玉依姫命《たまよりひめのみこと》の処女懐胎伝説を織り込みながら、恐怖を掻《か》き立てる手腕が素晴らしい。本作も逸品なのだ。なお、作者の現代小説『偽りの森』でも、糺の森が重要な舞台になっていることを指摘しておく。

「母たちの大奥」（「小説新潮」二〇二四年三月号）

　この作品だけ、舞台が京都ではない。江戸城の大奥である。しかし京都色は濃厚。なにしろ主人公が、京の公家《くげ》出のお万《まん》だ。春日局《かすがのつぼね》に見込まれ、徳川三代将軍家光《いえみつ》の側女になったが、子の生まれなかったお万。京都の八百屋《やおや》の娘だという部屋子のお玉《たま》を可愛《かわい》がっていた。そのお玉に将軍の手が付き、子が生まれる。やがてその子は五代将軍綱吉《つなよし》になるのだった。

　タイトルにある〝母〟は、家光を息子のように愛した乳母の春日局と、綱吉の母になった桂昌院《けいしょういん》ことお玉のふたりを指す。このふたりの母を、母になれなかったお万の視点で描いたところに、本作の面白さがあるのだ。――と思っていたら、終盤で意外な事実が判明。これだから作者は、おっかない。春日局とお玉の母としての肖像を見事に描いたからこそ、お万の心の奥底を抉《えぐ》り出したラストの文章に胸打たれる。歴史小説の収穫である。

平安から江戸まで、扱う時代は自由自在。ストーリーもバラエティに富んでいるが、どれも〝観音印〟ともいうべき独自の色を湛《たた》えている。そして、とびきり面白い。だから最初から最後まで大いに楽しみ、満足できるのだ。何かと憂鬱なことの多い今のご時世、別世界に遊べる時間が持てるのは嬉《うれ》しいこと。これぞ、観音様のご利益《りやく》である。

（令和六年七月、文芸評論家）

初出一覧

「鬼の里」（「小説新潮」令和四年十一月号）
「ざこねの夜」（「ｙｏｍ ｙｏｍ」令和五年六月十四日、二十一日、二十八日号）
「朧の清水」（「小説新潮」令和五年十一月号）
「愚禿」（「小説新潮」令和五年一月号）
「糺の森」（「小説新潮」令和五年四月号）
「母たちの大奥」（「小説新潮」令和六年三月号）

本作は文庫オリジナル短編集です。